鲁迅文学奖

得 主

散文书系

十首诗里的中国

李舫 著

中国文史出版社

图书在版编目（CIP）数据

十首诗里的中国／李舫著. -- 北京：中国文史出
版社，2025. 1. --（鲁迅文学奖得主散文书系）.

ISBN 978-7-5205-4844-1

Ⅰ. I267

中国国家版本馆 CIP 数据核字第 2024CZ0925 号

选题策划：江　河
责任编辑：卢祥秋
装帧设计：锦色书装

出版发行：**中国文史出版社**

社　　址：北京市海淀区西八里庄路 69 号院　邮编：100142

电　　话：010-81136606　81136602　81136603（发行部）

传　　真：010-81136655

印　　装：廊坊市海涛印刷有限公司

经　　销：全国新华书店

开　　本：880×1230　1/32

印　　张：7.75　　　字数：139 千字

版　　次：2025 年 1 月第 1 版

印　　次：2025 年 1 月第 1 次印刷

定　　价：66.00 元

作者简介

　　李舫　第八届鲁迅文学奖得主。毕业于中国人民大学，文艺理论博士。从事文艺创作、文艺理论、文艺评论、文化研究及国际传播等领域工作。代表作有《春秋时代的春与秋》《在火中生莲》《沉沦的圣殿》《漂泊中的永恒》《千古斯文道场》等。编、译、著作品四十余部。出版著作有《魔鬼的契约》（商务印书馆）、《在响雷中炸响》（三联书店）、《纸上乾坤》（人民文学出版社）、《大春秋》《中国十二时辰》（长江文艺出版社）、《李舫散文》（作家出版社）、《野百合也有春天》（广西师大出版社）、《回家——在韩中国人民志愿军烈士遗骸归国》（辽宁人民出版社）等。曾主编中国文学"丝绸之路"大型名家精品文库（商务印书馆、华文出版社）、纪念改革开放四十年特辑《见证》（商务印书馆）、新世纪散文精品文库"观天下"（人民日报出版社）、新中国成立七十周年"70年70人"《共和国年轮》（人民日报出版社）等。

写在前面

我们怀着由衷的敬意，编辑了这一套散文丛书。

鲁迅先生是中国新文化运动的旗手，是近现代历史上对中国社会思想文化发展具有重大影响的文学家。以他名字命名的"鲁迅文学奖"，是中国文学奖的最高荣誉之一，自创立以来，一直拥有良好的口碑和广泛的影响力。那些获得鲁迅文学奖的作家作品，毫无疑问地推动了我国文学事业的繁荣发展。

这些获奖作家分别生活在祖国的东南西北，年龄跨度从"50后"到"80后"，写作门类包括小说、散文、诗歌、评论。他们都曾创作出佳作名篇，是堪称名家的优秀作家。编辑出版这套"鲁迅文学奖得主散文书系"，我们的初衷正是让这些优秀的小说家、散文家、诗人、评论家聚集在一起，将他们各自独具的生命体验和写作风格，以群峰连绵的形式呈现出"横看成岭侧成峰"的写作景观，向广大读者奉献这个值得阅读和保存的作品系列。

在这些作品的编辑过程中，我们看到了他们不同的阅历和表达方式，看到了他们卓尔不群的文学才华和让人叹服的写作能力，看到了他们观察事物的独特角度和对自己生活、创作的诚意表达，看到了他们纷繁复杂的生活境遇和丰富悠远的精神世界。从这些文字中，我们感受到了作家对大自然和世间万物的悲悯，对岁月悠长、时光消逝的感喟和思索，对身边细微琐事的提炼和回味，对辽阔人间的关怀以及对世道人心和生命本身的探寻与思索。

我们以诚挚的愿望和认真的劳动，向亲爱的读者推荐这个书系，也以此向在写作道路上辛勤耕耘的作家们致敬，向创立近四十年的鲁迅文学奖致敬，向在岁月的上游一直如星光般以风骨和精神令后世仰望的鲁迅先生致敬。

编　者

2025 年元月

目 录

黑夜走廊（代序）

漫长的夜，无边的夜。

夜，是暂停，是遣情，是格物，是放纵，是悬置；是蹒跚中的困顿，是困顿中的慰藉，是慰藉中的伤怀，是伤怀中的冥思，是冥思中的眼泪。没有眼泪的冥思是忸怩的，没有冥思的伤怀是浅薄的，没有伤怀的慰藉是虚伪的，没有慰藉的困顿是惆怅的，没有困顿的蹒跚是麻木的。没有黑夜的白昼是拥挤的，没有明天的黑夜是漫漶的。

一

当白昼的浮华和喧嚣一幕幕退去，如水的夜色一幕幕浸润；当紧张的心情一点点松弛，部分的情绪归诸沉潜；当我们对镜洗去残妆，让午夜的清风轻轻拂过脸颊，让真实的自我从疲倦的面容中显露出来，我们往往得以反观那些白日里我们所沉湎和执着的东西。

街灯穿窗而过，灯光映照如帘，窗外是行进着的夜。

人声消逝了，蝉鸣隐退了，忧伤淡漠了，思维搁置了，白昼的最具有典型意义的象征物已经凋落。夜寒如水，夜来香在乍暖还寒的空气中抖抖索索地展开花瓣，远处不眠的鸟音踏水而来。夜已经成熟，饱满到无，浓厚得让人心里踏实。往事是一艘沉船，静静地躺在记忆的海底；不知藏在何处的东西，此时是最好的收藏。

夜，浓缩了距离，荡涤了尘埃，消释了差池，封存了空间，分不清哪里是枝头的残叶，哪里是枝间抖动的秋风。夜，包藏了一切，收容了一切——空灵有力的清风，透侵重衣的寒气；不可告人的阴谋，无法痊愈的伤口；脱俗拔尘的情怀，宠辱不惊的气度；某个黄昏的憔悴，患得患失的停滞；对生命本真的颖悟，不落言筌的心事。夜，在咄咄逼人中有一种冷静中的容忍和容忍中的冷静，在不动声色中散发着君临一切的气势。

夜，是行旅者的客栈，是欢乐者的梦魇，是重创者的浓睡，是死亡者的天堂；夜，是我们收藏岁月的旧皮箱，夜幕四垂，隔年的嶙峋往事、惊天动地的欢喜与悲伤，便都显得遥远而阑珊。

二

夜，是豪饮者的——卜夜容衰鬓，开筵属异方；烛分歌扇泪，雨送酒船香。是苦吟者的——为了一个句子的凄美，多少次寒夜梦回，惊悸地拥被而起，月光正映照夜的无眠。是思乡者的——床前明月光，疑是地上霜。是失眠者的——疏疏落落的星星是无数失眠者睁大的眼睛。是夜游者的——采得荷花带叶归，这是行动的高度写意所达到的随心所欲的大手笔。是相思者的——在一个不知名的夜晚里，伴着山下传来的尖锐的火车汽笛声，天空中忽然有一颗流星燃着细碎的点点白光悲伤地滑过，相思便穿透了心房；夜是一个个被相思噬坏了的空壳，用笔永远也填不满，夜夜重复一个孤寂的梦，梦中总不见思念的人。是满怀心事者的——良心只有在夜深人静的时候，才悄悄出来敲打灵魂；有人得到轻轻的拍打而怡然入睡，有人得到狠狠的敲打而辗转反侧。

夜，如同明月，终古常见而光景常新。

法国著名作家马尔罗在《光明之路》中曾说："死亡的可怕之处，就在于它把生命变成了命运。"在这一点上，黑夜与死亡的确异曲同工。生命融化在死亡中，就像白昼被黑夜吞没，在一个没有坐标的系统中，夜，得到了无限的自由、无限的张扬、无限的延伸。夜，统一了一切，又阻隔了一切，简约而铺排，逼仄而辽阔，斑斓的色彩在这里销声匿迹，沸腾的喧嚣在这里复归沉默。世界的错连变迁、人情的沧桑冷暖，都不可排遣地荡漾在柔软寂寥的夜色中。在这一瞬间，人道也就是天道。它给了我们一个刻骨铭心的警示：当生命化为一缕轻烟时，无论我们如何多情，都将无法回忆身前身后那些最为着意的事情。

三

医生说，绝大部分婴儿都出生在夜间。现代发达的医疗技术始终搞不清楚，为什么人类把所有的缤纷、忙碌都放进白天，却唯独将自己生命的起点选择在这些万籁俱寂的夜晚。母亲们在经历了一个又一个充满期冀、充满企盼的白天之后，孩子们却毫不经意地在她们意念松弛的夜晚将她们从熟睡中唤醒。为了这一刻，她们已经等得很久了，期待的心情饱满得像成熟的秋天。可是，某个酣睡中的阵痛让一切都变得猝不及防。生命的骚动便从这种猝不及防开始，夜在沉睡中保持着它不可退让的清醒。

有太多神奇的传说，关于这些神奇的夜晚。星星推开耳边的嘈杂，深情地相互凝视，以便世界在某一个早晨向孩子们敞开玲珑的心。夜，是生命密集的走廊，是孩子们飞翔和降落的翅膀。从孩子们身上，夜教给人们如何小心翼翼地躲开万丈红尘中的浮闹和喧嚣，静静地谛听生命的声音；如何去感受、去理解那不可充分的理解，去言说那不可言说的渊默，充满了感悟和深情。孩子们的力量，就是生长的力量，就像黎明破晓的前刻，像即将消退的忧伤，像命运轻轻的叩击，像英雄怒剑出鞘的悲壮。不是孩子们选择在夜晚悄然降临，而是因为有了他们，才有了白天和黑夜的划分——他们走开，世界便开始沉睡；他们走来，一切便从头开始。

时间使时间得以生存，生活将服务于生活。

许多年前，我是无数怕黑的孩子中的一个。黑夜，特别是没有星星、没有灯光的夜晚，给了我无穷的想象，也给了我无限的恐惧。风悄悄过树，月苍苍照台，从窗棂斜飞过的小虫，穷苦人家欸乃不绝的橹声，童年的琐碎心事的无从着落……都让我惊栗不安。黑夜给了夜以黑的禀赋，这常常让我想起童话中那些图谋不轨的事件的无名开端和心怀鬼胎的妖术的粉墨登场。黑夜，是每一个令人心悸的故事的背景和帷幔，因了它的掩护，才有许多不该发生的悲剧得以发生，有许多不该牺牲的生命被牺牲。

然而，许多年后，我才矍然地发现，这个对黑夜的刻薄印象并不缘于黑夜的本质，而是源于人性的整体阴谋。人类将自己的感受、想象加诸于自然界中，于是，自然界便有了所谓的自然法则。这个法则代代相传，遮蔽了越来越多人的视野和思维，懒惰和保守便因此而生。

历史学家们说：历史如果以两次同样的面目出现，第一次是悲剧，第二次便是闹剧。人类对黑夜的态度正是如此。对黑暗的第一次恐惧，是在人类的童年，因为蒙昧和无知；而第二次，则是在壮年，因为懒惰和保守，黑暗便成了放逐一切苦难和罪恶的现场，世界被异化为密闭无隙的陌生物，人从对世界的义务和责任中逃离出来，人和一切对立物之间的较量就撤退到仅仅是天性的较量。

四

夜，是暂停，是遣情，是格物，是放纵，是悬置。

夜，是蹒跚中的困顿，是困顿中的慰藉，是慰藉中的伤怀，是伤怀中的冥思，是冥思中的眼泪。没有眼泪的冥思是怏怏的，没有冥思的伤怀是浅薄的，没有伤怀的慰藉是虚伪的，没有慰藉的困顿是惆怅的，没有困顿的蹒跚是麻木的，没有黑夜的白昼是拥挤的，没有明天的黑夜是漫漶的。

过去是我们无限熟悉和留恋但又必须放弃的东西。在今夜万籁俱寂的清静与孤独中，启明星在微微闪烁，一切未来的契机都蕴藏在这黎明破晓的前刻。

一个划一条小船的人，必须背对着他要费力划到的目的地。我们对明天也持同样的态度。当我们被此时此刻的黑夜所笼罩的时候，我们便得毅然决然地背对明天，因为我们完全看不到它。有信心的人背对永生，其目的正是今天就与它同在。

黑夜，是一道长长的走廊，寂静、安详而又隐微曲折，充满了对生命自身的俯视与醒悟，以及在这种俯视与醒悟中油然而生的气韵风神。在这无数的夜晚中，启明星那如水波跳跃的异常欢快的音符，将吸引着我们固执地走下去，走下去，不回头。

短 歌 行

〔东汉〕曹　操

周西伯昌，怀此圣德。

三分天下，而有其二。

修奉贡献，臣节不隆。

崇侯谗之，是以拘系。

后见赦原，赐之斧钺，得使征伐。

为仲尼所称，达及德行。

犹奉事殷，论叙其美。

齐桓之功，为霸之首。

九合诸侯，一匡天下。

一匡天下，不以兵车。

正而不谲，其德传称。

孔子所叹，并称夷吾，民受其恩。

赐与庙胙，命无下拜。

小白不敢尔，天威在颜咫尺。

晋文亦霸，躬奉天王。

受赐圭瓒，秬鬯彤弓，

卢弓矢千，虎贲三百人。

威服诸侯，师之所尊。

八方闻之，名亚齐桓。

河阳之会，诈称周王，是其名纷葩。

春秋时代的春与秋

孔子问礼于老子，是一段生趣盎然的历史悬案。这不仅是中国文化史上两个巨人的对话、中国思想史上两位智者的相遇，更是两个流派、两种思想的碰撞和激发。战乱频仍、诸侯割据的春秋年代，老子和孔子的会面别有深意；在两千五百年后的今天来看，亦颇具启示。

——题记

公元前五百余年的某一天，两位衣袂飘飘的智者翩然相遇。时间，不详；地点，不详；观众，不详。但是，他们短暂的对话，却留下一段妙趣横生的传世佳话。

其中的一位，温而厉，恭而安，儒雅敦厚，威而不猛。另一位，年略长，耳垂肩，深藏若虚，含而不露。这也许是他们的第二次会面，但并不重要，重要的是，在此后两千五百余年的岁月中，我们将渐渐知晓这场对话对于世界历史、对于人类文明的伟大意义。

一

他们，一个是孔子，一个是老子。

"孔子适周，将问礼于老子。"司马迁在《史记》中写道。孔子是两千五百年来儒家的始祖，老子是两千五百年来道学的滥觞。司马迁对两人有过明确考证，"孔子生鲁昌平乡陬邑"（《史记·孔子世家》），"老子者，楚苦县厉乡曲仁里人也"（《史记·老子韩非子列传》）。这一天，年幼些的孔子将去向年长的老子求教。

贵族世家的孔子生于鲁襄公二十二年，尽管他被后世尊奉为"天纵之圣""天之木铎"，但身世并不光彩，"其先宋人也，曰孔防叔。防叔生伯夏，伯夏生叔梁纥。纥与颜氏女野合而生孔子，祷于尼丘得孔子"。孔子生而七漏，首上圩顶，所以他的母亲为他取名曰丘。与孔子相比，平民出身的老子身世颇为含混，除弥漫坊间的奇闻逸趣外，只知道他"姓李氏，名耳，字聃，周守藏室之史也"，某一日，骑青牛西出函谷关，从此一去不复返。

两千五百年来，人们对他们的会面颇多好奇，也颇多猜测和演绎。《礼记·曾子问》考据孔子十七岁时问礼于老子，即鲁昭公七年（前535），地点在鲁国的巷党，这是他们的第一次会面。"孔子曰：'昔者吾从老聃助葬于巷党，及堙，日有食之。'老聃曰：'丘！止柩就道右，止哭以听变。'既明反，而后行，曰'礼也'。"
《史记》载，他们的第二次相见是在十七年之后的春秋
昭公二十四年（前518），地点在周都洛邑（今洛阳），
孔子适周，这一年他已经三十四岁。第三次，孔子年过
半百，即周敬王二十二年（前498），地点在一个叫沛的
地方。《庄子·天运》曰："孔子行年五十有一而不闻
道，乃南之沛见老聃。"第四次在鹿邑，具体时间不详，
只有《吕氏春秋·当染》简单的记载："孔子学于老聃、
孟苏、夔靖叔。"历史不可妄测，但有时间有地点有人
物，这样的记载虽然未必逼近真实，却足见后人的善意
与期待。

孔子对老子一向有着极大的好奇。我们不妨想象这
样的场景——两位孤独的智者踽踽独行，他们的神情疲
倦而诡谲，赫然卓立，没人理解他们的激奋，更没人理
解他们的孤独和愁苦。

孔子的弟子曾点有"暮春者，春服既成，冠者五六
人，童子六七人，浴乎沂，风乎舞雩，咏而归"的志向，
颇得孔子的赞许。这是一幅春秋末期世态人情的风俗画，
生命的充实和欢乐盎然风中。阳光明媚，春意欢愉，人
们沐浴、歌唱、远眺，无忧无虑，身心自由，我们似乎
从中感受到了春的和煦、歌的嘹亮、诗的馥郁。

老子也徘徊在这春末的暖阳中，他看到的却是不同
的景象："唯之与阿，相去几何？善之与恶，相去若
何？"在他的耳边，是呼喊声、应诺声、斥责声，世事喧

嚣纷扰，世人兴高采烈，就像要参加盛大宴席，又如春日登台览胜，媸妍良善邪恶美丽狰狞，又有什么分别，谁又能够分辨？

> 人之所畏，不可不畏。荒兮，其未央哉！众人熙熙，如享太牢，如春登台。我独泊兮，其未兆，如婴儿之未孩；儽儽兮，若无所归。众人皆有余，而我独若遗。我愚人之心也哉！沌沌兮！俗人昭昭，我独昏昏；俗人察察，我独闷闷。澹兮，其若海；飂兮，若无止。众人皆有以，而我独顽似鄙。我独异于人，而贵食母。

如此忧伤而又抒情的语气，在老子散文般的叙事中，并不少见。在茫茫人海中，老子反复抒写自己"独异于人"的孤独与惆怅，在"小我"与"大众"之间种种难以融合的差异中，老子在反思、在犹豫、在踟蹰、在审视众生、在拷问自己。这孤独和惆怅曾吸引过年幼的孔子，而这一次，他想问的是，孤独和惆怅背后的机杼。

历史的天空，就在这一刻定格。

一个温良敦厚，其文光明朗照，和煦如春；一个智慧狡黠，其文潇洒峻峭，秋般飘逸。他们是春秋时代的春与秋。两千五百年前的这一刻，他们终于相遇。司马迁以如椽巨笔记录了这历史的一刻：

　　孔子适周，将问礼于老子。老子曰："子
所言者，其人与骨皆已朽矣，独其言在耳。且
君子得其时则驾，不得其时则蓬累而行。吾闻
之，良贾深藏若虚，君子盛德，容貌若愚。去
子之骄气与多欲，态色与淫志，是皆无益于子
之身。吾所以告子，若是而已。"

　　妙趣横生的描画，读来令人浮想联翩。

　　老子直言不讳。他认为孔子所说的礼，倡导它的人
和骨头都已经腐烂了，只有其言论还在。况且君子时运
来了就驾着车出去做官，生不逢时，就像蓬草一样随风
飘转。老子听说，善于经商的人把货物隐藏起来，好像
什么东西也没有，君子具有高尚的品德，他的容貌谦虚
得像愚钝的人。他建议孔子，抛弃他的骄气和过多的欲
望，抛弃做作的情态神色和过大的志向，这些对于孔子、
对于世人，都是没有好处的。

　　寥寥数语，意味隽永。这不仅是中国文化史上两个
巨人的对话、中国思想史上两位智者的相遇，更是两个
流派、两种思想的碰撞和激发。战乱频仍、诸侯割据的
春秋年代，老子和孔子的会面别有深意。

　　孔子问礼于老子，是一段生趣盎然的历史悬案。时
光远去，短暂的四次会面，诸多细节已不可考，其对话
却涉及道家和儒家思想的所有核心内容。毋庸置疑，孔

子的思想就是在数次向老子讨教中逐步形成和成熟的，与此同时，孔子的提问也敦促老子的反思。司马迁评价老子之学和孔子之学的异同，历数后世道学与儒学对于他者眼界、胸怀的退缩，怅然若失："世之学老子者则绌儒学，儒学亦绌老子。'道不同不相为谋'，岂谓是邪？"

二

这次问礼对于孔子，是晴天霹雳，更是醍醐灌顶。

孔子辞别老子，沉吟良久，对弟子们感慨："鸟，吾知其能飞；鱼，吾知其能游；兽，吾知其能走。走者可以为罔，游者可以为纶，飞者可以为矰。至于龙，吾不能知，其乘风云而上天。吾今日见老子，其犹龙邪！"

鸟能飞，鱼能游，兽能跑。会跑的可以织网捕获，会游的可制成丝线去钓，会飞的可以用箭去射。而龙，御风飞天，何其迅疾。回味着与老子的对话，孔子说："我今天见到的老子，大概就是龙吧！"

一千六百年后，宋代理学大家朱熹引用诗人唐子西的话来表达他对这位坦荡求真、不惧坎坷的君子的崇敬之情："天不生仲尼，万古如长夜。"

老子与孔子性格迥异。老子致虚守静、知雄守雌，孔子信而好古、直道而行。然而，老子作为周守藏室之史，孔子作为摄相事的鲁国大司寇，两者自然都有辅教天子行政的职责，救亡图存的使命将他们联系在一起。

《春秋左氏传》评价，春秋时代是一个"礼崩乐坏"的时代。翻开春秋时期的社会历史，不难看到其中充斥的血污和战乱。诸侯国君的私欲膨胀引发了各国间的兼并战争，诸侯国内那些权臣之间的争斗攻杀更是异常激烈，"君不君、臣不臣、父不父、子不子"成了那个时代的最大特点，"《春秋》之中，弑君三十六，亡国五十二，诸侯奔走不得保其社稷者不可胜数"（《史记·太史公自序》），以致"世衰道微，邪说暴行有作。臣弑其君者有之，子弑其父者有之，孔子惧，作《春秋》"（《孟子·滕文公下》）。诸侯割据，礼教崩殂，周天子的权威逐渐坠落，世袭、世卿、世禄的礼乐制度渐次瓦解，各国诸侯假"仁义"之名竞相争霸，卿大夫之间互相倾轧。值此之时，老子的避世、孔子的救世，不可谓不哀不恸也。

老子之高标自持、之高蹈轻扬，确是世俗之人、尘俗之世难以想象，更难以理解的。老子研究道德学问，只求隐匿声迹，不求闻达于世。他傲然地对孔子说，周礼是像朽骨一样过时而无用的东西。老子在否定周礼的同时，其实更是在阐释自己的思想，这种观念与孔子的理念大不相同，所以孔子才会以能"乘风云而上天"的"龙"来比喻老子，他内心对老子的敬仰和钦佩，溢于言表。

当然，同样作为一代宗师，孔子也不会因为一次谈话而轻易改变自己的立场和志向。与其相呴以湿，相濡以沫，不如相忘于江湖吧。孔子依然故我，宵衣旰食，席不暇暖，赶起牛车，带领他的弟子出发了。他们周游列国，宣传自己的主张，纵使困难重重，也要"知其不可为而为之"。

及去周，老子送之，曰："吾闻富贵者送人以财，仁者送人以言。吾虽不能富贵，而窃仁者之号，请送子以言乎：凡当今之士，聪明深察而近于死者，好讥议人者也；博辩闳达而危其身者，好发人之恶者也。无以有己为人子者，无以恶己为人臣者。"孔子曰："敬奉教。"自周返鲁，道弥尊矣，远方弟子之进，盖三千焉。

这是春秋时代怎样的一幅画卷？黑格尔说过："一个民族有一群仰望星空的人，他们才有希望。"两千五百年前漆黑的长夜里，两位仰望星空的智者，刚刚结束一场人类历史上的伟大对话，旋即坚定地奔向各自的未来——一个怀抱"至智"的讥诮，"绝圣弃智""绝仁弃义""绝巧弃利"；一个满腹"至善"的温良，惶惶不可终日，"累累若丧家之狗"。在那个风起云涌、命如草芥的时代，他们孜孜矻矻，奔突以求，终于用冷峻包藏了宽柔，从渺小拓展着宏阔，由卑微抵达至伟岸，正是因为有他们的秉烛探幽，才有了中国文化的纵横捭阖、博大精深。

在中国两千多年的思想潮流中，道家思想有效地成为儒家思想的最大反动，儒家思想有效地成为道家思想的重要补充。

中国历史文化在秦汉以前，尽管百家诸陈，但儒、墨、道三家基本涵盖了当时的文化精神。唐、宋之后，释家繁荣，儒、释、道三家相互交锋、相互融合，笼罩了中国历史文化一千余年。南怀瑾说："纵观中国历史每一个朝代，在其鼎盛之时，都有一个共同的秘密，即'内用黄老，外示儒术'，不论汉、唐，还是宋、元、明、清。中国传统文化的核心思想，其实是黄（黄帝）老（老子）之学。"老子哲学和孔子哲学的存世价值可见一斑。

老子与孔子的这一次会面，尽管短暂，却完满地完成了中国文化内部的第一次碰撞、升华。

老子与孔子所处之时代，西周衰微久矣，东周亦如强弩之末。有周一朝，由文、武奠基，成、康繁盛，史称刑措不用者四十年，是周朝的黄金时期。昭、穆以后，国势渐衰。后来，厉王被逐，幽王被杀，平王东迁，进入春秋时代。春秋时代王室衰微，诸侯兼并，夷狄交侵，社会处于动荡不安之中。不难理解，老子的哀民之恸，孔子的仁者爱人，都是对这个时代的悼挽与反拨。

举凡春秋诸子，大凡言人道之时，必亦言天道。其实，老子和孔子学说最重要的一点，是他们处在中国历史最分崩离析的年代，对中国社会现实和未来发展所进行的积极、认真、深刻的思考。他们的努力，让中国社会行至低谷之时，中国文化没有随之衰微。

事实表明，在中国两千多年来的发展中，对中国社会起到最直接推动作用的还是儒家、道家两家学派，他们试图在总结历史经验教训的基础上，找到一条适合国家发展、具有现实意义的治国之道，尽管他们的理论体系、社会影响大不相同，但是两者的相互交流、相互交融、相互交锋，最终推动了中国的进步。

三

假设时间是一条线性轴，我们从今天这个端点回溯，不难发现一个奇怪的现象——公元前 800 年至公元前 200 年这个时间段内，还处于童年时期的人类文明，已经完成了思想的第一次重大突破。

古代希腊、古代中国、古代印度、古代以色列等地域，不约而同地产生了伟大的思想家——在古希腊，有苏格拉底、柏拉图、亚里士多德；在以色列，有犹太教的先知；在古印度，有释迦牟尼；在中国，有老子与孔子。尽管他们处于不同的文明之中，但他们提出的思想原则塑造了不同的文化传统，推动着智慧、思想和哲学精神完成了从低谷到高峰的飞跃，这些智慧、思想和哲学精神一直影响着今天的人类生活。

一百余年前，德国海德堡有一位年轻的医生，他对当时流行的研究方法很不满意。终于一天，这位医生抛弃了厌倦已久、陈旧刻板的日常工作，由心理学转向哲学，并且扩展到精神病学，从此成为大名鼎鼎的哲学家——他就是雅斯贝尔斯。

在 1949 年出版的《历史的起源和目标》中，雅斯贝尔斯提出了一个重大的命题："轴心时代"。他将影响了人类文明走向的公元前 800 年至公元前 200 年定义为"轴心时代"，甚至断言，"轴心时代"发生的地区大概是在北纬 30 度上下，亦即北纬 25 度至 35 度区间。

值得重视的是，同在此时段，同在此区间，虽然中国、印度、中东和希腊之间千山万水，重重阻隔，但它们在轴心时代的文化却有很多相通的地方。雅斯贝尔斯称这几个古代文明之间的相通为"终极关怀的觉醒"。

这是一件有趣的事。尽管地域分散、信息隔绝，在四个文明的起源地，人们却不约而同地选择了用理智和道德的方式来面对世界。理智和道德的心灵需求催生了宗教，从而实现了对原始文化的超越和突破，最后形成今天西方、印度、中国、伊斯兰不同的文化形态，它们像春笋一样，鲜活，蓬勃，拔节向上，生生不息。

然而，与此同时，那些没有实现突破的古代文明，如巴比伦文化、埃及文化，虽然规模宏大，但最终难以摆脱灭绝的命运，成为文化的化石。

在雅斯贝尔斯提到的古代文明中，中国文化巨人有两个，一个是孔子，一个是老子。孔子专注文化典籍的整理与传承，老子侧重文化体系的创新和发展。一部《论语》，一万一千七百零五字，一部《道德经》，五千二百八十四字，两部经典，统共一万六千九百八十九字，按今天的报纸排版，不过三个版面容量。然而，两者所代表的相互交锋又相互融合的价值取向，激荡着中国文化延绵不绝、无限繁茂的多元和多样。

孔子与老子，不仅是春秋时代的春与秋，更是文明形态的生与长、守与藏。

他们的哲学思想对中国文化的巨大影响，与春秋末年自由、开放、包容、丰富的思想氛围不可分割，也与他们之间平等包容的切磋、砥砺不可分割。孔子带领弟子周游列国十四年，晚年修订六经，孔子之后的孟子、荀子、董仲舒、程颐、朱熹、陆九渊、王守仁……继承他的旗帜，将儒学思想发扬光大。老子一生独往独来，在老子之后的《韩非子》《淮南子》进一步阐释了他的思想体系，庄子更是将他的思想推向一个高峰。老子的无为、不言、不始、不有、不恃、不居，不仅是春秋战国纷乱局面的一种暂时的应对，其对后世更有着无穷的影响。在这里，大道是精神，也是生活。

孔子、老子相继卒于春秋之末、战国之初。几乎就在这个时刻，在遥远的恒河岸边，乔达摩·悉达多刚刚涅槃成佛，即将开启佛教的众妙之门；在更加遥远的雅典城邦，苏格拉底将要诞生，即将开启希腊哲学的崭新纪元。几乎就在这个时刻，承续春秋的战国大幕即将拉开，为求生存，各诸侯国继续变法和改革，吴起、商鞅变革图强，张仪、苏秦纵横捭阖，廉颇、李牧沙场争锋，信陵君、平原君各方斡旋、招贤天下……大秦帝国即将匐然而至，中央集权的统一中国萌芽即将形成。

老子哲学和孔子哲学的一个奇特之处在于，它将哲学问题扩大到人类思考和生存的宏大范畴，甚至由人生扩展为整个宇宙。他们开创了一种辩证思维方式，一种哲学研究范式，一种身处喧嚣而凝神静听的能力，一种身处繁杂而自在悠远的智慧，这不仅是个人与自我相处的一种能力，更是人类与社会相处的一种能力。

有意思的是，与东方文化秉持的守礼、中庸、拘谨的儒教情怀不同，老子在西方的传播要盛于孔子。林语堂在《老子的智慧》中写道："西方读者都认为，孔子属于'仁'的典型人物，道家圣者——老子则是'聪慧、渊博、才智'的代表。"老子曾云："上士闻道，勤而行之。中士闻道，若存若亡。下士闻道，大笑之。不笑不足以为道。"林语堂在做这句话的注释时写道："相信大半西方读者第一次研读老子的书时，第一个反应便是大笑吧！我敢这么说，并非对诸位有何不敬之意，因为我本身就是如此。"

大笑，恰是进入老子哲学迷宫的一把密钥，也是进入中国文化的一条暗道。

就在孔子带领弟子们兀兀穷年，在城邦之间奔走宣告、比武论招之时，老子却茕茕孑立，踽踽独行，以心中的胆气与剑气，打通了江湖武林的所有通关秘道。

恰如林语堂所言，"那些上智的学者，便由讥笑老子、研究老子，而成为今日的哲学先驱，同时，老子还成了他们终身的朋友。"事实上，"在孔子的名声远播西方之前，西方少数的批评家和学者，早已研究过老子，并对他推崇备至"。在恭谦良善、持节守中的儒教之外，老子以其凝敛、含藏、内收的智慧，完成了高傲的西方对于神秘中国的全部兴趣和完整想象。

近现代西方哲学家、思想家在老子哲学和孔子哲学中受到启发，找到灵感。英国科学家李约瑟一生研究中国，对中国文化情有独钟。在他看来，中国文化就像一棵参天大树，而这棵参天大树的根在道家。联合国教科文组织做过统计，在世界文化名著中，译成外国文字出版发行量最大的是《圣经》，其次是《老子》。之所以有这样令人惊愕的翻译量、印刷量、阅读量，根本原因在于，它包含着对人类精神世界恒常的思辨和警醒。

孔子是国际的，老子是世界的。

夫唯弗居，是以不去。信哉！

忆 江 南

〔唐〕白居易

其一

江南好,
风景旧曾谙。
日出江花红胜火,
春来江水绿如蓝。
能不忆江南?

其二

江南忆,
最忆是杭州。
山寺月中寻桂子,
郡亭枕上看潮头。
何日更重游?

其三

江南忆,
其次忆吴宫。
吴酒一杯春竹叶,
吴娃双舞醉芙蓉。
早晚复相逢!

能不忆江南

——杭州，一座城的前世与今生

江南好，风景旧曾谙。日出江花红胜火，春来江水绿如蓝。能不忆江南？

数千年来，杭州——这座叫作天城的古城，傲岸地俯视着接踵而至的拓荒者、朝拜者、淘金者、筑梦者、远征者，他们兴师动众而来，兴师动众而去。在朝圣的故事里，杭州是——有无数个前世，却是唯一可以今夜枕梦的城市。在游子的梦呓中，杭州是——人人尽说江南好，游人只合江南老；绿水碧于天，画船听雨眠。在乡朋的宴席上，杭州是——为我踟蹰停酒盏，与君约略说杭州；山名天竺堆青黛，湖号钱唐泻绿油。在远方的客人不辞万里的驱驰中，杭州是——一叶扁舟泛海涯，三年水路到中华；心如秋水常涵月，身若菩提那有花。

——题记

"天城，在哪里？"

冷峻的风，从黑黢黢的空中刮过，沿着犬牙交错的高耸檐廊，掠过清凌凌的湖面，悄然降落在夜的深处。

这里，是杭州。可是，对于隔着大洋的遥远西方来说，这里，叫作天城。

——这是公元 1492 年的秋风。

这一年，在中国是弘治五年，大明王朝经历了奸佞当道、万马齐喑的成化一朝，抖落了一路的风尘，舔舐着满身的伤口，正在喘息着，低回着，观望着，等待期许久矣的辉煌。他们也许并不知道，令人兴奋的弘治中兴即将到来，因为一个少年的诞生，这些年、这些事，注定被写入厚厚的史册。

这个叫作朱祐樘的皇帝已经二十三岁了。五年前，在位二十三年的父亲驾鹤西归，老皇帝给他留下了一个糟糕无比的烂摊子。国丧之后，不到十八岁的少年朱祐樘无奈地扛起了大明王朝这副沉甸甸的江山。他即位初期便遭遇天灾人祸，黄河发大水，陕西闹地震；五年过去了，天灾人祸依然不断，广西古田壮族人民起义，贵州都匀苗民起义，件件都是麻烦事。

他是明朝十六个皇帝中的第九个，大明王朝的国运刚刚行进到半程，便已千疮百孔。未来，在岁月的古井里，静静地等候着他，像等候着一个力挽狂澜的巨人。

很多年以后，历史，这个慈祥、严厉又睿智的老人给了他一个赞许的称号：明孝宗。而这少年确实不曾辜负过他肩负的这个江山。他宽厚仁慈、勤于政事、励精图治，一次次为濒危的王朝扭转乾坤。这一年，他又要出场了。

秋，早已在不知不觉间来临。夜幕四合，夜凉如水，空落落的树林里寂静无声，倦鸟早已归巢，鼎沸的人声随着坠落的夕阳消失在黯淡的夜色里。草地上一些新黄代替了旧绿，枯叶捧着薄薄的露水，静静地散发着潮湿的气息。银杏树小扇子般张开的叶子开始由翠绿转成金黄，在夜色中熠熠发光，随即飘然四散，铺就了一地灿烂的碎金。

这是一个平平常常的秋天。夜将要走到尽头，黑而且凉。启明星那如水波跳跃的音符，如常般照亮着无数后来者的征程。在地球的另一端，欧洲的史官谨慎地记录下这个日子——1492 年 10 月 12 日。

两个多月前的 8 月 3 日，意大利航海家哥伦布带着八十七名水手，驾驶着"圣马利亚"号、"平特"号、"宁雅"号三艘帆船，离开了西班牙的巴罗斯港，开始远航。

海上的生活沉闷单调，水天茫茫，无垠无际。过了一周又一周，水手们沉不住气了，吵着要返航。就是在这样艰难的旅途中，哥伦布率领三艘帆船，经过两个多月的航行，前方仍然是漫长的黑暗。

10 月 11 日，哥伦布看见海上漂来一根芦苇，他高兴得跳了起来！有芦苇，就说明附近有陆地！果然，这天夜里 10 点多，他们发现了前面有隐隐的火光。第二天拂晓，水手们终于看到了一片黑压压的陆地，全船发出了欢呼声。

哥伦布开心极了。那时候，在充满迷信色彩的欧洲，大多数人认为地球是一个扁圆的大盘子，认为海洋的尽头有魔鬼守候着，再往前航行，就会到达地球的边缘，帆船就会掉进深渊。然而，只有哥伦布坚信，海洋的尽头是一片新土地。现在，他终于用事实证明了那些传说的虚妄不经。

1492 年的天空布满钢铁般的倒刺，一个伟大的时代等待着云开雾散。月牙从一团淡淡的云层后透出氤氲的白光，雾气不知不觉地包围过来，像一枚枚疾驰的子弹，在海面上、在每个人的身上铸就了一层冰凉而透明的盔甲。

此时此刻，哥伦布的内心洋溢着难以言表的喜悦，因为他坚信自己已经到达了亚洲的东部沿海，坚信自己不久就可踏上梦寐以求的黄金之路——中国。

哥伦布出生于意大利的热那亚。他从小最爱读《马可·波罗游记》，从那里得知，中国、印度这些东方国家十分富有，简直是"黄金遍地，香料盈野"，只要坐船向西航行，东方的财富就唾手可得。于是便幻想着能够远游，去那诱人的东方世界。

这其实是一次横渡大西洋的壮举。在这之前，谁都没有横渡过大西洋，不知道前面是什么地方。

哥伦布也不知道。他努力控制住自己激动的情绪，站在船头，目光越过茫茫的海面，投向远方的海岸线。

他在寻找什么？

一座城市，一座马可·波罗所说的世界上最为雄伟、壮丽的城市——天城。找到了这座城市，就找到了传说中的中国！"天城，在哪里？"哥伦布自问。他满怀憧憬，甚至想象自己跨越天城里成千上万座石桥去见中国皇帝的场面……此时此刻，他浮想联翩，他不知道这座城市在哪里，在中国政治与文化中的地位，不知道它在历史上举足轻重的分量——那个时代，西方对中国了解得太少太少了。他不知道这里的百姓长什么样子，说什么语言，如何作息劳动，他不知道自己将面对什么，将看到什么，他不知道的还有很多很多。他不知道，是的，他一定不会知道，这座"天城"的中文名字就是——

杭州。

"岩石，岩石！汝何时得开！"

然而，哥伦布错了。

10月12日，哥伦布带领三艘帆船，终于踏上了新大陆。他认为，这毫无疑问是他找寻已久的亚洲。但是，他错了，这是美洲。那时的人们根本不知道在欧洲与亚洲之间，还存在着一个美洲——哥伦布更是压根儿连想都没想到过。

不需要再讨论——究竟是人找到了世界，还是世界找到了人。哪里有比这更亘古的传说、更痴迷的寻觅？哪里有比镌刻在人们心头更永久的仁望？苍茫的大海上，哥伦布播撒的种子已化作满天繁星，可是，怀揣着梦想的欧洲，同着四处寻找这梦想的哥伦布，又一次失望地发现，存在于他们想象中的那个遥远的中国、那个遥远的天城，仍然是一个无比遥远的梦。

天城——杭州，几乎可以认定是唯一曾经无数次托梦给西方、让整个欧洲为之迷醉的中国城市。

史学家从残存的史料推测，西方人将杭州称为天城，源于"上有天堂，下有苏杭"这句谚语。口口相传中的天堂，毫无疑问就在中国。

可是——杭州，在哪里？天城，在哪里？

中国，又在哪里？

中国与欧洲，分别位于欧亚大陆的东西两端，相距遥远，中间还有崇山峻岭、江河湖海、戈壁沙漠。公元前6世纪，在地中海地区诞生了辉煌的古代希腊文明。至少在公元前5世纪，中国所产的丝绸、茶叶已经远销到古代希腊文明的中心——雅典。尽管如此，以希腊为中心的西方，仍然对中国文明一无所知，甚至在很长一段时间，他们坚信居住在世界最东方的居民就是印度人。

公元前2世纪后期，西方人通过横贯中亚的陆上"丝绸之路"获悉，在遥远的东方有一个盛产丝绸的民族"赛里斯";公元 1 世纪中期,西方人又通过海上"丝绸之路"得知东方有一个被称为"秦尼"的国家。最初,他们认为,这是两个不同的国家,古希腊科学家托勒密的《地理学》则支持了这种误判。在他的著作中,托勒密言之凿凿地写道:

> 从欧洲最西端越过大西洋向西航行,距东亚并不遥远。在东亚地区有"赛里斯"和"秦尼"两个国家。赛里斯在北部,被群山环绕,这里有几条大河,它的都城是赛拉城,其经、纬度分别是 177°15′、37°35′。赛里斯的东面是未知的土地,它的南面则与秦尼接壤。秦尼的东面及南面都是未知的土地,西面与印度相邻。秦尼都城的位置是经度 18°40′,南纬 3°。秦尼的南部濒临一个"大海湾"……秦尼的海岸线沿着秦尼湾不断地向南延伸,跨过了赤道,最后与印度洋以南一个不知名的大陆相连,秦尼的著名港口城市卡蒂加拉就位于赤道以南的秦尼湾边,而这块不知名的巨大陆地西端又与非洲相连。这样,印度洋实际上是一个被陆地包围的内海。

托勒密对于中国的论述,长期影响了欧洲。就在整个欧洲为托勒密所误导、在一片黑暗知识的黯淡背景中屡屡冲破迷雾努力寻找中国的时候，有且只有一个名字，在他们的梦想中从未动摇，那就是作为"人间天堂"的"天城"杭州。

秦朝设县治，隋朝筑城郭，吴越建王城，南宋立国都，往事和传奇在数千年的日日夜夜中流转，层层叠叠积淀在这片土地上，累积在这座古城里。光阴像一只又一只惊慌失措的鸟，箭一般地飞向高空；然而，大地和古城神态自若，列祖列宗在这里繁衍生息，子子孙孙在这里绵延赓续——这是一群人的力量，也是一座城的力量；这是一群人的魔法，更是一座城的魔法。

找到了杭州，就找到了中国，就找到了天堂。

西方寻找天城的行动轰轰烈烈，找到天城的故事却是悄无声息——

13世纪中期，法兰西国王路易九世的随从鲁布鲁克从君士坦丁堡出发，横穿黑海，在克里米亚半岛上岸，一路东行，经过俄罗斯南部草原，进入蒙古高原，终于抵达中国。中国文化令他啧啧称奇，他在日记中写道："他们用一把像漆匠用的刷子写字；他们在一个方块里写几个字母，这就形成一个字。"他试图继续向南方行进，找到长生不老的"蓬莱仙境"，然而，他失败了。但值得庆幸的是，他第一次将杭州的信息带到了欧洲，这些信息间或道听途说、真真假假，间或模糊不堪、以讹传讹，比如他说，中国有一座城市，城墙是用白银砌的，城楼是用黄金造的，而这座城市，就是古希腊和古罗马传说中的那个以丝绸著称的"赛里斯"。

半个多世纪后,意大利的传教士鄂多立克离开他的家乡诺瓦,从波斯湾乘船前往印度,又从印度经海路抵达中国,经过广州、泉州、福州最终到达杭州。此后,他沿着大运河来到北京,出河西走廊,沿着陆路"丝绸之路"到达西亚,最后返回故乡。他的身体在长途旅行中累垮了。去世前,他在病榻上将沿途所见所闻记录成书,不吝用最美的语言描述杭州:"它是全世界最大的城市,确实大到我不敢谈它。它四周足有百里,其中无寸地不住满人……城开十二座大门""城市位于静水的礁石上,像威尼斯一样有运河,它有一万二千多座桥""男人非常英俊,肤色苍白,有长而稀疏的胡须;至于女人,她们是世上最美者"。

1338 年,居住在法国南部阿维尼翁的教皇派出一个使团来到中国,其中一个成员马黎诺以非凡的热情记录了杭州:"中国是世界上最美丽的国家,国土最为辽阔,人民最为幸福。此国有一个著名的城市,名为杭州","此城最美、最大、最富,在现在世界上的所有城市中,它是最为神奇、最为富贵、最为壮观的城市。没有见过此城的人,都认为简直难以相信,还以为讲述者在说谎"。

16 世纪末,意大利传教士利玛窦来到中国,这个被大学者李贽赞誉为"到中国十万余里""凡我国书籍无不读"的虔诚教徒,着手绘制了一份影响了整个世界的中文世界地图,"明昼夜长短之故,可以契历算之纲;

察夷隩析因之殊，因以识山河之孕"，利玛窦将其命名为《坤舆万国全图》。在这幅气势磅礴的地图上，杭州相当准确地被标注在北纬30°的位置。

16世纪始，从大西洋绕过非洲通往东方的新航路被开辟出来，越来越多的欧洲人来到中国东南沿海，他们逐渐认识了中国，认识了杭州。在近代西方工业化以前，以丝绸、茶叶为代表的产品在国际市场具有相当的诱惑力和竞争力，这是中国文明辉煌的一页，也是世界近代文明的开始。然而，令人遗憾的是，此时的中国开始实行闭关锁国的政策，严守明太祖"寸板不许下海"的禁令。更多深怀遗憾远眺这块神奇大陆的人，从未有缘踏进中国，遑论杭州？他们在内心发出无限的感喟：这真是一个不可思议的国家，但为什么就是不愿打开国门拥抱世界呢？

1574年，意大利传教士范礼安远渡日本，遥望中国，他大声呼喊：

"岩石，岩石！汝何时得开！"

"那么，光荣应该属于中国"

一去楼台三十里，不知何处觅神州？

几场大雨之后，又一轮酷热卷土重来，那种秋雨霏霏、野草疯长的湿漉漉的日子已经很遥远，很朦胧，风干的往事因潮湿重新舒展开来——岁月是那么短，思念却总是那么长。

摩肩接踵的人潮、美丽的湖光水色、逶迤苍茫的群山，是人间的海市蜃楼，是天堂的红尘景象。灯火家家市，笙歌处处楼。八千年前，跨湖桥人凭借一叶飘摇风浪的小舟、一双满是厚茧子的大手，创造了璀璨的跨湖桥文化，浙江文明史从此上推一千年。五千年前，良渚人在"美丽洲"繁衍生息，耕耘治玉，修建了中华第一城，创造了被誉为中华第一城的灿烂的良渚文化。而今，这座有着八千年文明史、五千年建城史的天城，骄傲地向着生命的晨曦、向着饱满的成熟走去，她的目光星辉聚敛，她的身姿摇曳生香，她的脚步坚毅稳健。明代田汝成编纂的《西湖游览志余》记载："自六蜚驻跸，日益繁艳，湖上屋宇连接，不减城中，其盛可想矣。"东南形胜，三吴都会，端的是钱塘自古繁华，端的是天城长盛不衰！

数千年来，这座叫作天城的古城，傲岸地俯视着接踵而至的拓荒者、朝拜者、淘金者、筑梦者、远征者。他们兴师动众而来，兴师动众而去。在朝圣的故事里，杭州是——有无数个前世、却是唯一可以今夜枕梦的城市。在游子的梦呓中，杭州是——人人尽说江南好，游人只合江南老；绿水碧于天，画船听雨眠。在乡朋的宴席上，杭州是——为我踟蹰停酒盏，与君约略说杭州；山名天竺堆青黛，湖号钱唐泻绿油。在远方的客人不辞万里的驱驰中，杭州是——一叶扁舟泛海涯，三年水路到中华；心如秋水常涵月，身若菩提那有花。

时间行进到20世纪30年代，在遥远的不列颠群岛，年届不惑的英国生物化学家、科学技术史家约瑟夫·特伦斯·蒙特格马瑞·尼哈姆挽着他相交至深的中国女友沿着冰封的泰晤士河边散步，他在日记本上用中文歪歪扭扭地写下了她的名字——鲁桂珍。他端详着自己的杰作，发誓道："我必须学习这种语言。"接着，鲁桂珍为他取了个中文名字——李约瑟。

此后，这个有着中国名字的英国人由衷地对中国产生了兴趣，最后难以自拔地爱上了中国。出于对社会主义和中国的认知，李约瑟在激烈的反战情绪影响下，开始了他的中国研究。他在集中精力完成第二本著作——被称为"继达尔文之后真正具有划时代意义的生物学著作之一"的《生物化学与形态发生学》的同时，给英国的报刊写文章，到伦敦参加游行，并出版小册子，支持中国人民。1942年，李约瑟受英国文化委员会的资助来到中国，支援抗战中的中国科学事业。他访问了三百多个文化教育科学机构，接触了上千位中国学术界的著名人士，行程遍及中国的十多个省。李约瑟认为，中国对世界文明的贡献，远超过所有其他国家，但是，所得到的承认却远远不够。

1948年5月15日，李约瑟正式向剑桥大学出版社递交了《中国的科学与文明》的"秘密"写作、出版计划。他提出，这本一卷的书面向所有受过教育的人，只要他们对科学史、科学思想和技术感兴趣；这是一部关于文明的通史，尤其关注亚洲和欧洲的比较发展；此书包括中国科学史和所有的科学与文明是如何发展的两个层面，由此，不仅提出著名的"李约瑟之问"，而且做出更杰出的"李约瑟之答"："如果真正要说具有历史价值的文明的话，那么，光荣应该属于中国。"

凡益之道，与时偕行。培根说过，黄金时代在我们面前，而不是身后。年轻的李约瑟一定未曾料到，这部卷帙浩荡的著作，不仅是中英文化交流的一个缩影，是世界文化互鉴的一个生动诠释，更是世界文明在交流、交融、交锋中走向黄金时代的伟大见证。

李约瑟用这部著作科学地证明了，中国的文明不仅是东方文明的典范，更应该是世界文明的重要组成；中国的光荣不仅属于中国，更应该属于全世界。1992 年，为奖励李约瑟对于世界科技和世界文明的贡献，英国女王授予他国家的最高荣誉——荣誉同伴者勋衔，这是比爵士更为崇高的勋号。

让我们随着时间前溯五个世纪，回到公元 1492 年。这一年，哥伦布发现新大陆，由此开始了欧洲的大航海时代，推动了世界历史的现代化进程。这一年，一个叫作朱祐樘的少年迅速地成熟了，他的面庞依然稚气，他的内心却已无比强大。他在紫禁城漫步，沉思；回首，远望。年轻的皇帝，殚精竭虑，呕心沥血，努力尽毕生之力，推动沉重的王朝、肩负古老的中国，让她重新萌发生机，充满朝气地向前奔跑。

这是一个平平常常的秋天。夜将要走到尽头，黑而且凉。启明星那如水波跳跃的音符，如常般照亮着无数后来者的征程。

御史官铺展书卷，焚香研墨，谨慎地写下这一年的大事——明孝宗更新庶政，言路大开，凡是明宪宗亲信的佞幸之臣一律斥逐。孝宗嘉纳内阁大学士丘浚雅言，收集整理天下遗书。孝宗加总兵官，给总兵长印关防。刑部尚书彭韶等奏请问刑条例之裁定，孝宗从之。吏部尚书王恕提议停纳粟例，以免贪财害民之事由是而生，孝宗停之。洪武盐法渐坏，权贵专擅盐利，官商勾结，孝宗改开中纳米为纳银。吏部主事蔡清上言曰，贤者必用，不肖者必去，功必赏，罪必罚，此乃纪纲之大要，孝宗准奏……于是吏部尚书万安、礼部侍郎李孜省、僧人继晓等，或杀，或贬，或逐出京师；获罪较轻的或贬官放逐，或流放边地，或孝陵司香。孝宗大量起用正直贤能之士。同时，更定律制，复议盐法，革废一应弊政。

这一年的天城，正在数不清的困厄中挣扎。《杭州府志》载："杭州春二月，大旱；夏六月，大风雨，西山水发，大雨害稼；冬十一月、十二月，又大水，城墙崩坏，街市可乘舟而行。"与此同时，仁和县虎灾数年，民饥而难。少年皇帝悯恤众生，赈济灾民，安抚百姓，并着令杭州府免征一年税粮，百姓终于得以喘息，安生。

一时间，政治清明，经济繁荣，百姓富裕，朝野称颂。

　　拿破仑征战沙场数十年，创造了无数军政奇迹与文化辉煌。回顾自己的一生，他感慨地说，世上有两种力量：利剑和思想；从长而论，利剑总是败在思想手下。

　　诚哉斯言！

巫　峡

〔唐〕杨　炯

三峡七百里，惟言巫峡长。
重岩窅不极，叠嶂凌苍苍。
绝壁横天险，莓苔烂锦章。
入夜分明见，无风波浪狂。
忠信吾所蹈，泛舟亦何伤。
可以涉砥柱，可以浮吕梁。
美人今何在，灵芝徒有芳。
山空夜猿啸，征客泪沾裳。

漂泊中的永恒

　　西起奉节白帝城，东到宜昌南津关，三条大峡谷气势如虹，一路昂首东去。大自然用两百万年的耐心和伟力，打造出数不清的神秘与神奇，从而成就了长江三峡这幅迤逦诡谲的风情画卷。

——题记

　　放舟下巫峡，心在十二峰。

　　两百余年前的清康熙某年，穷困潦倒的诗人徐夔越高唐、穿龙门、过巫峡，兴之所至，慨然写道。

　　徐夔，字龙友，号西塘。现存徐夔的资料不多，《清诗别裁集》收录其诗只有九首，他初学韩愈，后学李商隐，曾与沈德潜结诗社，诗趣相投，颇多唱和。徐夔少时家贫，馆谷不足供母，游京师僻处萧寺，不谒贵人，终无所遇而归——其率性真情、孤傲不驯，由此可见一斑。

　　我们不妨设想——这一天，清风徐来，水波不兴。

徐夔衣袂飘飘，荡舟而来，他或许孤身一人，或许结伴城南诗社诸朋，煮酒青梅，指点江山，兴之所至提笔赋诗，激扬文字，心逐巫峡。

一江碧水，两岸青山，三峡红叶，四季云雨，千年古镇，万年文明。

在中国的历史版图上，从没有哪道山湾水景，像巫山巫峡这般鼓荡旅人的情思、放纵行者的想象。

一

山高，壁陡，流急。

长江裹挟岁月风尘，浩浩汤汤，呼啸而至，像一把利刃，切开了巫山坚实的腹地，造就了巫峡的壮美。

美国总统罗斯福曾说，每个美国人都一定要去看看科罗拉多大峡谷，因为峡谷是用时间缓慢雕刻出的惊心动魄。

巫峡何尝不是如此？时间缓慢地推动着历史，雕琢着历史，也记录着历史，缓慢中的尖锐锋利让人惊心动魄，缓慢中的一往情深令人荡气回肠。根据现有资料的地貌分析，三峡地区的峡谷主要是通过溯源深切与河流袭夺而成。地质学家推断，在长江三峡贯通以前，四川盆地的水流本是汇入藏南地带的古特提斯海，之后又汇入云贵地区一些沿断裂带分布的湖泊。由于自新第三纪以来青藏高原及云贵高原的强烈隆起，藏东形成向东倾斜的大斜坡，从而开始出现大面积汇水的向东流，它横截了一条条原向南流的水系，又经三峡地区向东入海，从而形成现在这条长约六千四百公里的长江。

西起奉节白帝城，东到宜昌南津关，三条大峡谷气势如虹，一路昂首东去。大自然用两百万年的耐心和伟力，打造出数不清的神秘与神奇，从而成就了这幅迤逦诡谲的风情画卷。

巫峡山高谷深，湿气蒸郁不散，易成云雾，故有"云雨巫山十二峰"之称，这也是徐夔诗中"十二峰"的由来。今天，这句诗被当地人改成"放舟过巫峡，心在神女峰"。其实，绵延不息的巫峡群山，白壁苍岩无数重，还有零星百万峰，峰峰不同，各美其美，岂是神女峰和十二峰就能够尽展其美？古事流传至今，附会之说杂糅了太多的世态炎凉。

连绵七十余公里，巫峡奇峰嵯峨，烟云氤氲缭绕，景色清幽迂回。巫峡阴晴雨雪各有其美。晴时，白雾悬浮于峰峦之巅，似烟非烟，似云非云，如雾非雾。雨时，宛若沧海巨流，云从天降，呼啸而至，铺天盖地。雨歇，云雾在峡谷间游弋，忽飘忽荡，忽升忽降，忽聚忽散。

三峡是风与水的杰作，是美与真的童话，曾经有山与山绵绵不绝的心手相拥，而今却任由风的蹂躏、水的侵蚀，铺陈出这傲岸的嶙峋、巨大的坚硬。旷世的宁静之中，是生命的飘逝和生命的接续。三峡风格迥异。瞿塘山势雄峻，斧削而成，可是多了些悬陡的稚嫩、初生的鲁莽。西陵怪石横陈，滩多水急，可是多了些草率的刚愎、青春的犹疑。也许巫峡的幽深奇秀、峰峦跌宕最适合疲惫的诗人搁置桀骜的灵魂，所以才有了徐霞的放舟巫峡吧。考古学家论证，三个峡谷的各自特点，表明它们的形成时代与发展阶段大不一样。巫峡的支流，截断面多呈 V 字形，仅在小支流口有岩坎跌水；谷壁多呈垂立三角面状；峡谷切深大且多起伏——他们据此大胆揣测，如果说瞿塘峡处于青年期，西陵峡处于回春发育期，那么巫峡则处于生命中最宝贵、最稳定的壮年期。青春的暗潮已过，逆袭的可能已无，巫峡正沉浸在生命最美好的时光里，欢喜地等待与它迎面相逢的有缘人。

"即从巴峡穿巫峡，便下襄阳向洛阳。"杜甫在诗中写道，这是漫卷诗书的喜悦。

"曾经沧海难为水，除却巫山不是云。"元稹在诗中写道，这是悼念亡妻的哀伤。

而今，流光散去，岁月渐老，漫卷诗书的愉悦定格为砥砺风雨的雷霆万钧，悼念亡妻的凄凉幻化为阅尽沧桑的悲歌传响，这是巫峡的至大至美、至幻至真、至柔至刚、至性至情，这才是真正的巫峡。

万峰磅礴一江通，锁钥荆襄气势雄。田野纵横千嶂里，人烟错杂半山中——万峰磅礴、幽深曲折、田野纵横、人烟错杂，这是壮年巫峡的气势与气韵。雄踞长江中游，巫峡为川东门户，沿途滩多水急，南北两岸山峦耸峙，群峰如屏，壁立千仞，最狭窄处，两岸之距不及百公尺。壮哉巫峡！一夫当关，万夫莫开。

二

巫峡，是中华文明的心灵故乡。

某一天，一位老人过河时无意间踩到一个奇怪的物件，他将这个物件辗转交给考古学家。考古学家发现，这竟然是一件罕见的殷商遗物——"鸟形铜尊"，此器物与中国国家博物馆"羊头方尊"器形极为相似，尊上精美的饕餮纹饰令考古学家啧啧称奇。为了复制一份相同的"鸟形铜尊"，考古学家和科学家做出了种种假设，也遭遇了重重难关。一次又一次的失败使他们对三千年前的能工巧匠充满敬畏和疑惑："他们究竟怎样完成的这件杰作？"

茫茫莫辨的时间彼岸，在此成了一个永久的谜。

今天，这座铜尊与其他铜镜、铜剑、铜币及汉砖、唐三彩、巴式兵器等许多不可多见的文物，静静地陈列在重庆中国三峡博物馆，述说着沉淀了三千年的迷思与荣耀。

巫峡及其周边地区，历来是中国历史上南北文化长期碰撞与融合的区域，也是长江流域东西部文化的交汇地带。在这片神奇的土地上，两百万年前的"巫山猿人"和五千年的"大溪文化"留下了许许多多的千古之谜，悬棺、栈道、野人……正是这些难以拆解的千古之谜，激发了无数专家、学者和探险者前来探秘。

"世人都健忘，遗忘了世人。"面对岁月的消逝与世事的更迭，英国诗人蒲柏喟然长叹。众所周知，蒲柏有着惊人的想象力，他曾为牛顿写下著名的墓志铭："自然和自然的法则在黑暗中隐藏，上帝说，让牛顿去吧。于是一切都被照亮。"

铭文中的深意值得沉思。当自然的法则隐匿于自然的浩瀚，人类的智慧之光将照亮无边的暗夜。在历史上，黄河流域被誉为中华民族文化的摇篮。炎黄子孙从亘古绵延的黄土高原沿黄河两岸向东迁徙，一直将人类文明的火种播向中原大地。而位于长江中游的巫峡地区则是这类文明的主要成长地，在几百上千万年的沧桑变化中，日出而作、日落而息的巫峡人民创造了源远流长的历史文化。

然而，遗憾的是，至今还有许多秘密仍埋藏在泥土之下。

在所有的记载和传说中，巴人留给人们最深的印象，就是劲勇尚武。在出土的巴式器物上，考古学家发现了大量的象形图语和难以破解的异样铭文，因为缺乏相关考古学实物的证明，"巴人之谜"一直是中国考古学的一大悬案。正如许多古代文明一样，他们的文明早已失落，他们的形象只能在我们拼凑出的想象中还原。

无边的暗夜之中，时间发出断裂的声响。

历史的格局是，当时在巴国的东面有强大的楚国，北面是雄踞关中的秦国，秦楚都是当时最强大的国家。问题是，国力相对处于弱势的巴国靠什么与之抗衡？史书记载巴人相继与秦楚发生过大规模的战争，并几度进逼楚国的都城江陵。20世纪二三十年代，美国学者格尔阶·纳尔逊、传教士埃德加先后来到这里实地考察，获得大量的标本和资料，这些资料今天仍珍藏在美国纽约自然博物馆里。他们的考察拉开了巫峡考古的序幕。

20世纪末，世界上最大的水利枢纽工程在长江三峡地区破土动工，世界上最大的考古工地在这里出现，巨大的巴人聚落遗址、宽阔的遗址面积、丰富的文化堆积令考古界为之震撼。青铜剑、青铜钺、青铜矛、青铜戈……成群的战国士兵恍若一夜之间携兵器走入墓群，长眠地下。这里究竟发生过一场怎样血腥残暴的厮杀？沉积着一个怎样惊天动地的故事？史书上没有只言片语的记载。

我们不妨设想，当秦楚等大国庞大的战车在平原上冲突酣战时，在巫峡不远处的峡谷沟壑间，巴人的军队却靠他们强健的四肢翻峰越岭、跋山涉水，特殊的地形成为他们御敌的天然屏障。人们猜测，作为世界上最骁勇善战的部落，巴人也许是唯一用战争书写自己历史的民族。然而，每一件兵器都如同锁链，宛若谜语，锁住了岁月的云烟，参不透历史的谜题。

一切复归沉寂。

三

北魏郦道元在《水经注》中说道:

> 两岸连山,略无阙处,重岩叠嶂,隐天蔽
> 日,自非亭午夜分,不见曦月。至于夏水襄陵,
> 沿溯阻绝。或王命急宣,有时朝发白帝,暮到
> 江陵,其间千二百里,虽乘奔御风,不以疾也。
> 春冬之时,则素湍绿潭,回清倒影。绝巘多生
> 怪柏,悬泉瀑布,飞漱其间,清荣峻茂,良多
> 趣味。每至晴初霜旦,林寒涧肃,常有高猿长
> 啸,属引凄异,空谷传响,哀转久绝。故渔者
> 歌曰:"巴东三峡巫峡长,猿鸣三声泪沾裳。"

极言三峡之壮景。

顽强的地壳运动堆砌了巫山的雄浑,柔弱的流水作
用雕刻了巫峡的隽秀,蛰伏的光阴之须不时地缠绕过来,
于是便有了两岸云雾缭绕的尖峭高峰,有了十二峰的变
幻莫测、奇崛峥嵘。晨曦澄澈之时,随轻舟飘荡,云霞
缥缈的群峰静静卧在云雾之间,连绵的山峦是一缕又一
缕悄无声息的翠黛。挥别天边落日,肃静神秘的山林一
下子收敛起白日里的喧嚣,奔涌的江河是一道又一道万
马嘶鸣的金紫。

正是这不言的壮美，吸引了无数骚人墨客来此直抒胸臆。"宾客纵能齐摈斥，文章终不废江河。鹭丝飞上石枰去，犹听沧浪水上歌。"徐夔英年早逝，他的诗作没来得及走进文学的册页，却刻进了巫峡的历史。徐夔的诗，气象空灵，晴响高远，不染纤尘，难得的是其优游山水之外的悲苦孤寂，悲苦孤寂之后的怒剑出鞘。巫峡坦诚地将自己的山山水水交付于擦肩而过的寂寥之人，寂寥的诗人也尽情地将扣人心弦的诗句糅入了巫峡的骨骼。

巫峡之美，是留给得志者的熨帖，更是留给失意者的慰藉，是厚重、凄婉、磅礴、空灵组成的真美。"美是显现真理的一种方式。"一个多世纪前，海德格尔说。他的断言，仿若旷野中的呼告。

世界因希望的坚守者而免于沉陷，历史因黑夜的拉纤者而持续向前。

奔腾不息的峡江是中华民族的智慧之源，巍峨耸峙的群山是华夏文明的座座丰碑。资料表明，巫峡文化是一种流传有序的始源性文化，从巫山猿人到长阳智人，从旧石器时期到新石器时期，直至今天的文明社会，源远流长，生生不息，像长江一样无从中断。每一山，每一水，每一村，每一树，每一户，每一人，都赓续着远古的血脉，传承着新生的冲动。弃舟登岸，置身栈道，让薄雾和露珠稍润衣衫，听枯枝在脚下噼啪作响，听莫名的精灵在树枝间穿梭掠过，看无畏的野蛇在草丛中傲然游走，用心灵触摸巫峡的凝重与空灵，触摸她仍未被现代文明玷污的粗野与奔放、清纯和朴拙，如同触摸沉睡千年万年的人类童年。

位于巫峡上口的大宁河和巫峡下口的神龙溪，坡陡水急，溪中有一种头尾上翘的"尖尖船"。逆水行舟，船夫肩负纤索，奋力向前；顺水行舟，任由急流推涌，犹如漂流。上行三个多小时的航程，下行只需三四十分钟。放眼回望，我们似乎看到徐夔迎风而立，驾舟远行，仿佛漂泊在巫峡悠长的历史中。

漂泊中的永恒，没有一个词能够比这更恰当地道出巫峡百万年来的生命本色。寂寞而不空虚，痛苦而不挣扎，沉潜而不窒息，漂泊而不放佚。"尖尖船"渐行渐远，船上，那幽微的烛火正是点燃人类文明之灯的希望火种。

巫峡的故事，才刚刚开始。

行 路 难

〔唐〕李 白

金樽清酒斗十千，玉盘珍馐直万钱。

停杯投箸不能食，拔剑四顾心茫然。

欲渡黄河冰塞川，将登太行雪满山。

闲来垂钓碧溪上，忽复乘舟梦日边。

行路难！行路难！多歧路，今安在？

长风破浪会有时，直挂云帆济沧海。

大道兮低回

——大宋王朝在景德元年

澶州，即今天的河南濮阳，距北宋都城汴梁（今河南开封）仅一河之隔。一千余年前，北宋与辽国经过多次战争在这里签下"澶渊之盟"。此后宋、辽首次正式结为兄弟之邦，互称南北朝，与此同时，两国正式更改具有战争意味的地名——"威虏军"改为"广信"，"静戎"改为"安肃"，"破虏"改为"信安"，"平戎"改为"保定"，"宁边"改为"永定"，"定远"改为"永静"，"定羌"改为"保德"，"平虏城"改为"肃宁"。

这一份盟约，至今影响着今天的中国，这些地名，许多始终得以完整保留。

老子说：大邦者下流。意思是大国要像居于江河下游那样，有容纳百川的胸怀与气度。景德元年是一个折射历史发展之"道"的年份。在这一年里，以及前后，宋朝发生了许多影响深远的大事，考验着历史在场者的智慧与勇气，引发了后人绵延不断的思考。

历史是部大书，但这篇文章没有沉溺于对历史的简单褒贬，而是潜回时间深处，抚摸历史肌理，在错综复杂的历史关系中找寻历史选择的偶然与必然、事理与情理。

——题记

一

缤纷的焰火，在除夕漆黑的夜空砰然炸裂，如流星雨一般飘然散落，带着明亮的尾巴，划出绝美的线条，辽阔而寂静。

残雪，冻雷，惊笋，急管繁弦，又是一年。新桃已换旧符，烟花、爆竹、灯火、笑脸，汇聚成节日的海洋。祝福和祈盼，沿着犬牙交错的高耸檐廊，沿着人声鼎沸的瓦肆勾栏，沿着松涛如雷的幽森林海，掠过冰封的湖面，悄然降落在夜的深处。

公元 1004 年，干支纪元为甲辰。在大宋王朝，这一年是景德元年，属龙。

这是大宋王朝三百一十九年时光中的第四十四个年头。沙漏里滴下的日子，如常地向前行进，斗转星移，焚膏继晷，波澜不惊。假如没有什么意外，新的一年也将很快翻过，淹埋在流沙般的时间碎片中，无影无踪，无从找寻。

然而，陡然间，意外从天而降。

喜庆的人潮未及散去，灾难的噩耗便已传来。这是中国灾难史上屡屡被提及的一年，时间老人抚摸着花白的胡须，发出诡谲的笑声，历史的河道便在这里拐了个急弯。

时岁步入正月，京师已连续发生三次地震——

正月十七，"是夜，京师地震"。地震发生在夜晚，百姓猝不及防。

正月二十三，"是夜，京师地复震，屋宇皆动，有声移时而止"。房屋摇晃，地下烈焰如炽，激流和地浆如千军万马般，轰然作响。

正月二十四，"冀州（今河北衡水市冀州区）地震"。

以后几天，益州（今四川成都）、黎州（今四川汉源）、雅州（今四川雅安）接连发生地震。

到了四月初三，"邢州（今河北邢台）言地震不止"。

四月十四，"瀛洲（今河北河间）地震"。

五月初一，史料记载"邢州言地连震不止"。形势严峻，宋真宗下诏，赐邢州减田赋一半，免运送军粮之劳役。

半年以后，十一月十八，"石州（今山西吕梁）地震"。

大地，一次又一次显示出它的狰狞。天崩地陷的轰鸣转瞬即逝，数不清的生命却如流星般陨落。山河变色，草木同悲。《中国救荒史》写道，这是历史上地震记载最多的年份，综各地方志所载，1004 年一年之内，大规模的地震竟高达九次。但是，人们也许并不知道，地震，还不是这一年最大的灾难。

这是别具深意的一年。时间，舒展巨大的羽翼，将这残垣断壁、满目疮痍缓缓收藏，将这风雨河山、飘摇家国缓缓收藏，等待着遥远的某一天、某一刻，未来之神将它重新开启。

二

仲夏以后，地震的频率减缓，大地复又显示出它素常的温情。尽管经历了频仍的灾患，日子仍旧喧嚣地向前奔跑，春天播下的种子早已破土而出，它们在整整一夏里节节拔高，又在这个肥沃的季节，欢愉地等待着收获。白云渐行渐远，秋色渐行渐深。柏树扭曲着、旋转着、挥舞着枝干，箭一般射向天空。白杨舒展油亮亮的叶子，哗啦啦击掌欢呼。潋滟的水波倒映着黄金般的麦浪，静静地散发着芬芳。大宋王朝秋高气爽，民富国强，大地撕裂的伤口在慢慢愈合，切肤之痛终将成为旧事。

陡然间，又一轮灾难从天而降。

景德元年九月，三十二岁的辽国皇帝耶律隆绪与辽国当权人物萧太后、统军大将萧挞凛突然率二十万契丹精兵铁骑倾巢南犯，一路高歌猛进，跨越大宋数十州县，兵锋直抵黄河北岸。

中国历史上，外族对华夏民族的威胁，一直是困扰至深的大问题。宋朝开国君臣鉴于唐末五代藩镇割据、尾大不掉危及社稷的局面，曾采取强干弱枝、倡文尚武的办法，"杯酒释兵权"，以致积弱为患。与此同时，宋朝建立之初就面临着内忧外患，南有吴越、南唐、荆南、南汉、后蜀，北有北汉和辽国。加之，五代尤其石晋以来，燕云十六州被割让给契丹，中原失去了与北方游牧民族之间的天然屏障和人工防线。

契丹族出现于公元5世纪的北魏，以游牧为主，世居辽河流域。北荒寒早，至秋草先枯萎，广袤富庶的中原大地对契丹充满了诱惑。唐末五代分裂，契丹借此迅速发展壮大，公元916年立国，以幽州为跳板，近塞取暖，武力经略中原。中原遭受契丹侵扰久矣，百姓罹难，饱受痛苦。宋真宗咸平二年（999），孙何上疏，愤慨奏曰："焚劫我郡县，系累我黎庶"，"城池焚劫，老幼杀伤"。

宋真宗咸平年间（998—1003），契丹不断侵扰北方边境：咸平二年十月契丹首领耶律隆绪（辽圣宗）率部侵扰镇定高阳关（今河北高阳县东），宋都部署康保裔战死，契丹兵侵掠祈、赵诸州，并南下掠淄、齐。以后宋真宗曾一度渡过黄河，亲御契丹，在咸平三年正月，宋将范廷召等率兵追契丹于莫州（今河北任丘），辽兵退去，也只能把契丹掠夺的人口物资追回一些。咸平四年十月契丹再侵镇定，宋派王显为三路都部署率部抵御，契丹进扰满城而还。咸平六年四月契丹兵在其将萧挞凛（《续通鉴长编》作达兰）率领下再侵攻高阳关，宋军战败，宋将副都部署王继忠被俘降辽。

宋与辽的战争，陈师道在《后山谈丛》记载：一共打过大小九九八十一战，只有张齐贤太原战役取得一次胜利，其他均以失败告终。

萧太后，名绰，小字燕燕，原姓拔里氏，被耶律阿保机赐姓萧氏。萧太后精明过人，英勇善战。自公元982年至1009年，她摄政期间，辽国进入了历史上统治中原二百年间最为鼎盛的时期。景德元年，在契丹是统和二十二年。此时的萧太后年已半百，从成为寡妇到实际的帝国统治者，她经过二十多年的苦心经营，两次大败宋军，现在，她觉得终于可以找宋朝算一次总账了。

紧急军情报进皇宫，宋真宗迅速召开御前会议，向群臣询问对策。大臣王钦若是江西人，他主张皇帝暂避金陵；大臣陈尧叟是四川人，他主张皇帝暂避成都。只有新上任的青年宰相寇准力排众议，主张迎战："我能往，寇亦能往！为今之计，只有御驾亲征，上下一心，才能保住江山社稷。稍有退缩，人心瓦解，根基一动，天下还保得住吗？"宋真宗闻言，精神振奋："国家重兵多在河北，敌不可狃，朕当亲征决胜，卿等共议，何时可以进发？"

隆冬时节的北方，已是天寒地冻。靡靡日渐夕，飒飒风露重，雪花飞舞，坚冰封路。当年十一月，宋真宗下旨御驾亲征。皇帝车驾从京城开封出发，直驱澶州（今河南濮阳），迎击辽军。

澶州夹黄河分南北二城。宋军抵达澶州南城之时，宋真宗遥望北岸的辽军营帐连绵不断，军容盛大，陡生怯意，就想驻跸南城。寇准以为不可，站出来大声道："陛下不过河，则人心不安，这不是取胜之道。"寇准用眼色向殿前都指挥使高琼示意。高琼点头表示理解，旋即左手扶住御辇，右手拔出寒光逼人的佩剑，大喝一声："起！"指挥御辇直上浮桥，向着澶州北城前进。辇夫不敢懈怠，抬起御辇迅速登上城楼。当皇帝的御盖在城楼出现，大宋的黄龙旗迎风招展、猎猎作响之时，将士欢声雷动。《松史纪事本末·契丹盟好》记载："帝遂渡河御北门城楼，召诸将抚慰，远近望见御盖，踊跃呼万岁。"《东都事略·寇准传》亦记载："军民欢呼数十里，契丹相视，怖骇不能成列。"

御驾亲征，士气大振。宋真宗的车驾还未到，澶州的将士已然勇气倍增。这一天，还是一个天高气爽的日子，有一个叫作张瑰的军士正守着一张床子弩，监视前方阵地。忽然，辽军大营里走出几个将官，他们交头接耳，准备巡视战场。这群人中有一个穿黄袍的将军指手画脚，气势不凡。张瑰调整好床子弩的方向，毫不犹豫地对准此人。要是在平时，将士行动，必须请示，然而，张瑰听说御驾亲征，精神振奋，顾虑全消，瞄准对象，奋力一扳开关，"嗖嗖"几声，数箭齐发，辽军将官顿时倒下了几个，黄袍将军也在其中。事后得知，这个黄袍将军，恰是辽军统帅萧挞凛，他被射中头部，当晚死去。辽军未战，先丧大将，士气大挫。

历史如同一幅气势浩荡的画卷，它的可圈可点，在于一往直前、无私无畏的生动笔墨，更在于那些波诡云谲的怪笔、柳暗花明的曲笔、旁逸斜出神笔，它们突如其来，却酣畅淋漓。

形势，却仍然不容乐观。

澶州，距北宋都城汴梁（今河南开封）仅一河之隔。澶州在，大宋在；澶州有失，大宋便危若累卵。

萧太后觊觎大宋王朝的财富，本想依仗自己屡次败宋的军威，逼退宋军，强占中原锦绣河山。后来听说寇准说服宋真宗御驾亲征，知道虚晃一枪不成，只好挥师作战。两军在澶州北城城下激战数十日，胜负未卜。

大军倾巢孤悬境外，统帅阵亡，萧太后不敢恋战，暗生倦意。萧太后派人请和，以获利为条件，宋真宗不准。终于在十二月（1005 年 1 月），双方达成和议，签订停战及修和盟约。

史书对盟约签订过程的记载饶是有趣。宋真宗在与辽人签订盟约之前，曾派遣曹利用赴辽营谈判，曹利用在临行前向真宗请示"岁赂金帛之数",宋真宗诏曰："必不得已,虽百万亦可。"寇准听说真宗答应每年可以给辽一百万岁币,连忙召曹利用至帐中,对曹利用说："虽有敕旨,汝往所许不得过三十万,过三十万,勿来见准,准将斩汝。"曹利用赴辽营谈判,果然以三十万成约,回宋之后,赶忙赴行宫向宋真宗呈报。其时,宋真宗正在用餐,"未即对,使内侍问所赂",曹利用答曰："此机事,当面奏。"宋真宗急于知道宋辽议和情况,再次派遣内侍问道:"姑言其略。"曹利用仍不愿向内侍说明,仅"以三指加颊",以示每年给辽的岁币之数。内侍返至宋真宗面前说:"三指加颊,岂非三百万乎?"宋真宗不禁失声道:"太多。"此后,宋真宗听闻曹利用报呈以三十万成约,高兴异常,赏赐曹利用"特厚"。

三

命乖运舛的景德元年,宋真宗历经天灾、人祸、兵燹的考验,审时度势,终于在这年的腊月打开了一个叫作"澶渊之盟"的锦囊,从此,大宋王朝开始了养精蓄锐、潜心发展的进程。

和平,来得着实不易。

从公元 979 年(太平兴国四年),宋太宗北伐幽蓟算起,一直到宋真宗景德元年,宋、辽两国处于敌对战争的状态已经持续了二十六年,绵延不断的战火、纠缠不已的争斗、短兵相接的厮杀，始终维持在僵持的局面——宋朝无力收复丢失的燕云十六州这一片汉唐故土，辽国打家劫舍的侵扰也始终无法占领宋朝的领地。

刚刚过去的咸平六年间，宋、辽之间纷争不断，大规模的战役就有三场：澶莫之战、遂城之战、望都之战。宋军败多胜少。

"欲渡黄河冰塞川，将登太行雪满山……行路难！行路难！多歧路，今安在？"太白之问，恰恰也是大宋之问。与此相反，辽军保持着原始野性，"轻而不整，贪而不亲，胜不相让，败不相救。以驰骋为容仪，以弋猎为耕钓，栉风沐雨，不以为劳，露宿草行，不以为苦"（《旧五代史》），使得宋朝"赵魏之北，燕蓟之南，千里之间，地平如砥"（《旧五代史》）的华北大平原，成为辽军秣马厉兵的战场。胶着中的战争，像一条绷得很紧却早已失去弹性的皮筋，每年百数万甚至数百万的军费开支让宋朝疲于奔命。

光靠金钱，买不来和平，光靠战争，更换不来和平。

宋、辽签订《澶渊誓书》，其实有几项重要的规定：

——友好关系的建立和岁币的交割。"共遵成信，虔奉欢盟。以风土之宜，助军旅之费；每岁以绢二十万匹，银一十万两，更不差臣专往北朝，只令三司人般送至雄州交割。"

——两国结为兄弟之邦，辽圣宗尊宋真宗为兄，宋真宗尊萧太后为叔母。

——疆界的规定。"沿边州军，各守疆界。两地人户，不得交侵。"

——互不容纳的叛亡。"或有盗贼逋逃，彼此无令停匿。"

——互不骚扰田土及农作物。"至于陇亩稼穑，南北勿纵惊骚。"

——互不增加边防设备。"所有两朝城池，并可依旧存守。淘濠完葺，一切如常。即不得创筑城隍，开拔河道。"

——条约以宣誓结束。"誓书之外，各无所求。必务协同，庶存悠久。自此保安黎献，慎守封陲。质于天地神祇，告于宗庙社稷。子孙共守，传之无穷。有渝此盟，不克享国。昭昭天监，当共殛之。远具披陈，专俟报复，不宣。"

《澶渊誓书》中没有提到的还有很多，比如宋、辽首次正式结为兄弟之邦，互称南北朝，比如礼节、贸易和移牒关报，比如具有战争意味的地名的更改，"威虏军"改为"广信"，"静戎"改为"安肃"，"破虏"改为"信安"，"平戎"改为"保定"，"宁边"改为"永定"，"定远"改为"永静"，"定羌"改为"保德"，"平虏城"改为"肃宁"。

此后一百一十六年间，宋、辽两国未发生大规模战事。

澶渊之盟是中国外交史上的一件划时代的大事。中华民族搁置争议，着眼大局，互相尊重，合作共赢，为宋、辽两国带来了切切实实的发展机会，使得人民得以休养生息，安度和平岁月。

宋、辽誓书签订于澶州，汉代称澶州为澶渊郡，这份誓书被称为"澶渊之盟"。

澶莫、遂城、望都三场战役不容小觑。没有这三场战役，纵有澶渊之战，必不会有澶渊之盟，不会有此后长达一百一十六年的和平。宋真宗权衡利弊，从国家长远利益考量，在坚持和维护领土主权的前提下，对契丹做出有限度的让步，显然非常明智。一个世纪后，宰相郑居中恳切评价："章圣澶渊之役，与之战而胜，乃听其和。"他认为，澶渊之盟是宋朝"战而胜"的产物。文学家苏辙写道，澶渊之盟"稍以金帛啖之，虏（辽）欣然听命，岁遣使介，修邻国之好，逮今百数十年，而北边之民不识干戈，此汉唐之盛所未有也"。

据统计，从公元 1005 年到 1121 年这一百一十六年之间，两国遣使庆贺生辰，宋一百四十次，辽一百三十五次；两国遣使贺正旦，宋一百三十九次，辽一百四十次；两国遣使吊唁，宋四十六次，辽四十三次。辽兴宗耶律宗真勤学绘画，曾经自绘肖像送给宋仁宗赵祯，并希望宋仁宗回赠真容。遗憾的是，仁宗真容送到时，辽兴宗已经过世。辽国皇室遂将仁宗真容与祖先肖像悬挂在一起，供子孙世代礼拜。

面对列祖列宗，辽道宗耶律洪基曾经许下心愿："若人世真有轮回，愿后世生于中国。"中国自古饱受边疆战乱，与契丹形成如此长久的和平关系，在中国边疆史上着实罕见。

四

这一年，玉树临风的皇帝已经三十六岁了。六年前的公元998年，太子赵恒登基。这位排序老三的皇子自幼姿表特异，英睿聪敏，才华过人，纵使一千多年后，他在《劝学篇》中写下的诗句仍在流传："安居不用架高堂，书中自有黄金屋"，"娶妻莫恨无良媒，书中自有颜如玉"。博学，审问，慎思，明辨，笃行，后世给了这个酷爱读书与书法的皇帝一个无比贴切的庙号：宋真宗。

宋朝的皇帝们喜欢频繁更换纪年，宋真宗在位二十五年，就曾经使用五种年号：咸平、景德、大中祥符、天禧、乾兴。咸平这个年号用了六年，景德用了四年，以瓷器闻名的景德镇以景德命名，也以此闻名。然而，尽管两个年号只维持了短短的十年，却是大宋王朝元神丰盈、光墨淋漓的十年。

六年前的这个时候，大宋王朝的第三位皇帝继位，人们看到了刚满而立之年的天子的守正笃实、无远弗届；

咸平六年里的数场战事，人们看到了他的果敢勇毅、杀伐决断；这一次，御驾亲征，澶渊结盟，他则让人们体悟到他的深谋远虑、久久为功。

不久，宋真宗即以铁面无私的姿态，公布告诫百官的《文武七条》：

一是清心，要平心待物，不为自己的喜怒爱憎而左右政事。

二是奉公，要公平正直，自身廉洁。

三是修德，要以德服人，而不是以势压人。

四是务实，不要贪图虚名。

五是明察，要勤于体察民情，不要苛税和刑罚不公正。

六是勤课，要勤于政事和农桑之务。

七是革弊，要努力革除各种弊端。

在宋真宗看来，"清心""修德"就是廉政的源头，就能实现"德治"。他建立官员档案，实行保举制度，推动渎职监察，鼓励鲠亮敢言，纠弹不避权贵，奖励廉洁无私，懂得知人善任。宋真宗御驾亲征，对内打败了西北党项、吐蕃这些胶着已久的叛乱势力，对外逼退强大的契丹，创造了一个安定和平的边境环境，仅仅用了不到十年的时间便让大宋江山转危为安，凭借的恰是这些治国新政。

宋真宗迅速创造了一个政治清明、社会进步、经济繁庶、文化鼎盛的时代。他启用李沆、曹彬、吕蒙正等人打理政事，政绩有声有色，减免五代十国以来的税赋，注意节俭，休息养农，发展纺织、染色、造纸、制瓷等手工业、商业，一时间，贸易盛况空前。

据统计，公元996年，宋朝国家财政两千两百二十四万，户口四百五十一万；公元1021年，国家财政达到十五万零八百八十五万，户口为八百六十八万。短短二十余年，整个国家户口增加了四百一十七万户，财富增加了近六倍，其发展规模与前朝相比，超过了唐朝贞观二十三年总量的四倍，与后世而论，超越了乾隆时期的三倍。中国占世界财富的比值从996年的百分之二十二左右，一下子提升到了百分之六十七左右，可谓富甲天下。

这是大宋王朝难得的小康时代，后世将咸平、景德、大中祥符三个年号的十九年统称为"咸平之治"。

历史，像一棵沧桑遒劲的老树，岁月的蛰须从它的血脉、它的枝丫中伸出，茁壮，顽强，盘根错节，绿荫如盖。昨天，从老树上成长为今天，今天，又从老树上成长为明天。这是历史的今天，也是未来的昨天。

发出诡谲笑声的时间老人不会想到，大宋王朝在景德元年的一次沉吟低回，换来了中华民族的潜龙飞天。站在新的历史起点，骄傲的王朝俯下高昂的头颅，审慎地打量对手，理智地放下武器，伸出和平的橄榄枝，以大国的姿态张开襟怀。此后的一个世纪，中原和北方部落以空前的规模迁徙杂居、经济交融、文化交流、语言交汇、习俗融合，辽国也开始从单纯的游牧民族，向游牧与农耕相交杂的民族过渡。辽国的燕京在唐幽州蓟城的基础上扩建而成，这里来自不同民族、不同国度的居民五方杂处，互补共荣。大中祥符元年（1008），使辽的路振在《乘轺录》中记载：幽州"城中凡二十六坊，坊有门楼，大署其额，有蓟宾、肃慎、卢龙等坊，并唐时旧坊名也"。"居民棋布，巷端直，列肆者百室，俗皆汉服，中有胡服者，盖杂契丹、渤海妇女耳"（《宋朝事实类苑》），宋朝的魅力可见一斑。

正是以这样的包容、这样的魅力，中华民族将一切可能纳为己有，爱其所同，敬其所异，和而不同，沉淀于心，又外化于行，成为具有强大稳定性、延续性、发展性的中华文明，并造就了中华文化博观约取、海纳百川的精神格局和精神气度。历史学家姚从吾说过："（两族）相安既久……（辽人）逐渐变成了广义的中华民族。"堪称不同民族和谐相处最后融为一体的典范。和衷共济、和合共生是中华民族的历史基因，也是古老东方的文明精髓。

钱穆也感叹："中华文化不仅由中国民族所创造，而中华文化乃能创造中国民族，成为有史以来世界上独一无二的大民族。"

残雪，冻雷，惊笋，急管繁弦——景德元年，这端的是别具深意的一年。

时间，舒展着巨大的羽翼，在遥远未来的某一天、某一刻，将历史之谜重新开启。那些祖先的传奇，那些祖辈的故事，他们在灾患面前的勇气，他们苦度长夜的智慧和坚忍，是我们在这个喧嚣世界永不迷失的识路地图。

和贾舍人早朝大明宫之作

王 维

绛帻鸡人报晓筹，
尚衣方进翠云裘。
九天阊阖开宫殿，
万国衣冠拜冕旒。
日色才临仙掌动，
香烟欲傍衮龙浮。
朝罢须裁五色诏，
佩声归到凤池头。

长相思，忆长安

距今一千四百年的公元 618 年，唐朝建都长安。随着"丝绸之路"的日益繁荣，中外经济文化交流空前频繁，长安城繁华一时，堪称世界第一大都会。这时的长安，是世界的中心，是中国精神的文化符号。

千百年来，长安一直为人们津津乐道，魂牵梦萦。长相思，忆长安，忆唐诗故里，忆盛唐气象。

——题记

一

数不清的诗词歌赋，数不清的记事本末，从数不清的侧面记载了开元十七年的那场盛宴。

这是公元 729 年，八月五日，唐玄宗李隆基为自己四十岁大寿举行了盛大的庆贺活动，并诏令四方，以每年八月五日为千秋节。

夏末秋初的长安，刚刚从淋漓溽暑中走来，像丰韵的少妇，更像成熟的智者，美得雍容华贵，美得不可方物。红尘紫陌，斜阳暮草，朝元阁峻临秦岭，羯鼓楼高俯渭河，难得的天高云淡，满城的普天同庆。在沟壑纵横的黄土高原上，这座城堪称是一个奇迹——它有红墙、碧瓦、金吾卫；也有霓裳、胭脂、堕马髻。它有宫阙九重，廊腰缦回；也有渊渟岳峙，马咽车阗。它有宫苑依傍着山明，也有夜弦追逐着朝歌。

这是大唐的长安，也是长安的大唐。一个充满自信的大唐王朝，一个万种风流的大唐皇都。

一千余年后，20 世纪 70 年代的某一天，日本作家池田大作见到英国历史学家汤因比，两位风云人物抵膝畅谈。池田大作问道："假如给你一次机会，你愿意生活在中国这五千年漫长历史中的哪个朝代？"汤因比毫不犹豫地回答："要是出现这种可能性的话，我会选择唐代。"池田大作哈哈大笑："那么，你首选的居住之地，必定是长安了！"

"九天阊阖开宫殿，万国衣冠拜冕旒"，被后世誉为"诗佛"的王维在一首奉和中书舍人贾至的诗中，无比自豪地写道。凭借着过人的音乐天赋和一手好书画，王维十五岁时已名动长安。《唐国史补》记载了这样一段故事：一次，一个人弄到一幅奏乐图，但不知题名为何。王维见后答曰："这是《霓裳羽衣曲》的第三叠第一拍。"此人请来乐师演奏，果然分毫不差。开元十七年，王维二十八岁，他还不知道，两年之后，他将要状元及第。此时，他自豪于自己置身的伟大恢宏的时代，唱出无比真挚热忱的歌吟。

这一年，"诗仙"李白同样二十八岁了。五年前，二十三岁的青年才子满怀抱负，离开故乡江油，踏上远游的征途。他由德阳至成都、眉州，然后舟楫东行，下至渝州。次年，李白出蜀，"仗剑去国，辞亲远游"。再次年，李白春往会稽，秋病卧扬州，冬游汝州，抵达安陆。途经陈州时与李邕相遇，结识孟浩然。越明年，全国六十三州水灾，十七州霜旱，吐蕃屡次入侵，唐玄宗诏令"民间有文武之高才者，可到朝廷自荐"，天下慨然应者云集。

开元十六年早春，李白走到了江夏，在这里，他与孟浩然欣然相逢，开怀畅饮。此时的李白，摩拳擦掌，踌躇满志，他将要发出"天生我材必有用，千金散尽还复来"的长啸。开元十七年，李白终于来到了江汉平原北部的安陆。这里离他向往的长安还很远、很远，然而，西北望长安，不夜城的音讯比鸿雁飞得还快——暗闻歌吹声，知是长安路。对于李白来说，暗夜之旅不啻一条光明大路。

又一年过去了，李白终于从安陆长途跋涉来到心中的圣地——长安。他欢呼雀跃，欣喜若狂，腹中已经酝酿着"幸陪鸾辇出鸿都，身骑飞龙天马驹。王公大人借颜色，金璋紫绶来相趋"这样的诗句。可惜，此时的长安，车水马龙，人才浩荡，政治、经济、文学、艺术、农桑、军事、人口、外交……世界各地的能人才子皆聚于此，与造化争锋。小小一个李白，还只是一个无名之辈。

这一年，京兆望族的纨绔子弟杜甫不满十七岁，还在写着"庭前八月梨枣熟，一日上树能千回"的顽皮诗句。十四岁的岑参刚刚经历父丧之痛，正准备举家从晋州移居嵩阳。作为关中望姓之首韦家的重要接班人，豪纵不羁的少年韦应物才满八岁，他同样不知道，七年之后，他将以三卫郎身份作为唐玄宗近侍，趾高气扬地出入宫闱，扈从游幸。

再过四十余年，古文运动倡导者、被苏东坡评价"文起八代之衰，而道济天下之溺"的韩愈，共同倡导新乐府运动的白居易与元稹，被欧阳修赞为"投以空旷地，纵横放天才"的柳宗元……才会接踵而至。李贺、杜牧、温庭筠、李商隐、皮日休、陆龟蒙、刘禹锡……这些将要在中国文学长河中熠熠发光的名字，还都是漫天飘洒的尘埃。然而，在未来的两个多世纪里，他们将络绎不绝地聚集在同一个城市——长安。

二

长安周边，八水环绕。泾水、渭水、灞水、浐水、沣水、滈水、潏水和涝水相互依傍，形成密布的水道。

时光，如黉夜的水波，诡谲又鬼魅。

开元十七年，这是大唐王朝近三百年中平凡而又不平凡的一年，是注定被时光湮没又注定被时光铭刻的一年。

——这一年，天才佛学家、思想家、翻译家、旅行家、外交家玄奘法师驾鹤西去已逾六十五载。这位出身于书香世家的行者历经十七年，行程五万里，在印度学经交流，并带回来经论六百五十七部，开创了一条从中国经西域、波斯到印度全境的文化之路。玄奘回到长安，又潜心翻译经书近二十年，留下一千多卷佛经译本和《大唐西域记》一书，使得源于印度的佛教，在大唐发扬光大。如今，中国佛教八大宗派中的六个祖庭都在长安。玄奘不安于现状，历经千辛万苦去寻求真理、追求卓越，从而不断超越自我的精神，是那个时代的写照，也是大唐王朝走向辉煌的动力之源。

——这一年，唐玄宗加封六十六岁的宋璟为尚书右丞相，授开府仪同三司，晋爵广平郡公。此时，天才政治家姚崇已驾鹤西去，文武双全的张说、忠耿尽职的张九龄即将登场。开元元年，姚崇密奏的"十事要说"，此后力排众议灭蝗救荒，他将为政之道归结为简单的四个字"崇实充实"，襄助唐玄宗打开开元初期的艰难局面。姚崇、宋璟、张说、张九龄，作为有唐一代四位名相，他们各尽其才，忘身殉难，终于辅佐唐玄宗成就盛世伟业。

　　——这一年，大唐王朝的天才书法家张旭早就过了知天命之年。史料典籍无从显示这一年的张旭是否在唐玄宗的盛宴嘉宾名单里，然而，"草圣"的名号早已传遍长安的大街小巷——醉辄草书，点画之间，旁若无人，挥毫落纸如云烟，以头濡墨而书之，天下呼为"张颠"。这个姓张的天才加疯子，满街狂叫，狂走，狂书，醒后狂赞自己的作品。不在这个海纳百川的时代，焉得有这样的俊杰脱颖而出？不说今日，纵是当时，人们只要得到张旭的片纸只字，都视若珍品，奔走相告，世袭珍藏。张旭逝后，杜甫入蜀曾见其遗墨，万分伤感巨星之陨落，挥毫写下："斯人已云亡，草圣秘难得。及兹烦见示，满目一凄恻。"

　　——这一年，大唐王朝的天才音乐家李龟年已过而立之年。在这场盛宴中，他是唐玄宗当之无愧的座上客。作为宫廷御用的乐工，李龟年常在贵族豪门歌唱。唐玄宗时，李龟年、李彭年、李鹤年兄弟三人都有文艺天分，李彭年善舞，李龟年、李鹤年则善歌，李龟年还擅吹筚篥，擅奏羯鼓，擅长作曲。他们创作的《渭川曲》是那个时代的绝唱，在数千年音乐史中也堪称绝响。

　　——这一年，大唐王朝的天才军事家王忠嗣还不满二十三岁。数年前，唐玄宗将在"武阶之战"中牺牲的烈士王海宾的幼子接入宫中抚养，收为义子，赐名忠嗣。此时，当年的孩童已成长为勇猛刚毅、富于谋略的猛将。

寡言少语的王忠嗣一定不会知道，这场盛宴的翌年，唐玄宗便将重担交付他，派他出任兵马使，随河西节度使萧嵩出征。初出茅庐，王忠嗣便锋芒毕露，以三百轻骑偷袭吐蕃，斩敌数千。此后二十余年，王忠嗣北出雁门关讨伐契丹，大败突厥叶护部落，大破吐蕃决战青海湖，一时间勇猛无双，威震边疆。正是缘于无数个忠心耿耿、征战边陲、不惜抛洒一腔热血的王忠嗣，才有了大唐王朝的和平崛起，有了中华民族的赓续绵延。

无数的天才会聚到唐都长安。他们往来穿梭，尽情讴歌这座伟大的城市，礼赞这个伟大的时代。岑参写道，"花迎剑佩星初落，柳拂旌旗露未干"；刘禹锡说，"莫道两京非远别，春明门外即天涯"；骆宾王则挥毫，"三条九陌丽城隈，万户千门平旦开。复道斜通鹇鹊观，交衢直指凤凰台"。

这时的长安，是世界的中心，是中国精神的文化符号。开放的胸怀、开明的风尚、包容的气度，纵使今天的美国纽约、日本东京、英国伦敦、法国巴黎，都无法与之比肩。全盛时期的长安，正如唐代诗人时常吟咏的"长安城中百万家"，总人口超过了一百万，是无可争议的国际第一大都会，其中各国侨民、外国居民超过五万人，仅仅是流寓在长安的西域各国使者就达四千余人。哥伦比亚大学历史学教授卡林顿·古德里奇在《中国人民简史》中感慨："长安不仅是一个传教的地方，并且是一座有世界性格的都城，内中叙利亚人、阿拉伯人、波斯人、鞑靼人、朝鲜人、日本人、安南人和其他种族与信仰不同的人都能在此和平共处，这与当时欧洲因人种及宗教而发生凶狠的争端相较，成为一个鲜明的对照。"

的确，长安是"一座有世界性格的都城"，它不是一个人的长安，却是每一个人的长安，它是中国的长安，更是世界的长安——君王、美人、使者、名士、商贾、游侠、僧侣、王侯、将相。满城金甲的征战武士，夜夜笙歌的勾栏瓦肆，日暮云沙的边塞烽火，皎洁月色里的万户捣衣声……长安的记忆何尝不是中国的国家记忆？夜半不敢眠，忽然追忆起——秦川人家的炊烟，是怎样的遥袅？异域芳冽的酒香，是怎样的醉人？江湖侠客的芙蓉剑，应该何时出鞘？西市胡姬的紫罗裙，又是何等妖娆？

这是真正的盛世气象。

百花齐放，姹紫嫣红。在政治上，整顿武周以来的弊政，择贤臣为良相，整饬腐败吏治，建立完善的考查制度，精简官僚，裁减冗官；在经济上，推崇节俭，加强义仓制度，通过括户等手段缓解土地兼并导致的逃户弊端；在军事上，改府兵制为募兵制，兴复马政，对外收复了辽西营州、河西九曲之地，并再次降服契丹、奚、室韦、靺鞨等民族，吞并大小勃律并且攻灭突骑施，降服复国的后突厥。

在唐玄宗李隆基的带领下，大唐王朝休养生息，春种秋藏，正在沉稳地走向它的巅峰。毫无疑问，开元盛世——这是中国历史最傲岸挺拔的时刻，是中国社会最繁华鼎盛的时期，是中国文明最光辉璀璨的时代。

三

让我们将时间的指针再向前拨动一百一十一年。公元 618 年 6 月 18 日，唐朝建都长安。

这一天，恰值端午，满眼所见，皆是情不自禁的歌舞与欢语。

时光宛若一条柔软的丝线，隔着一千四百年的风尘，隔着遥远的山河与旧梦，我们在这一端的遥望，便会牵动那一端的驻守，牵动那一刻的长安、那一端的大唐。沉淀在岁月深处中的辉煌、荣耀、骄傲和尊严，清晰地浮出水面，又被曝晒在干涸的河床。

> 秦川雄帝宅，函谷壮皇居。
> 绮殿千寻起，离宫百雉余。
> 连薨遥接汉，飞观迥凌虚。
> 云日隐层阙，风烟出绮疏。

唐太宗李世民一首《帝京篇》，以其君临天下的豪迈气魄，写意挥洒的笔触，描摹了唐代都城长安的盛景。

长安是中国古代数个朝代的建都之地，而大唐长安更是作为中国历史最鼎盛时期的都城,曾经以东方最大最繁华都市的身份,尽享全世界的荣耀,美誉数千年。

实际上,大唐长安是在隋大兴城基础之上兴建而成的。

杨坚建立隋朝后,因沿袭下来的汉城城区狭小,无法适应新建的大隋王朝之需,而且"水皆咸卤,不甚宜人",于是在582年6月18日这一天,隋文帝下令宇文凯在原汉城的东南侧修建新城。宇文凯参考了北魏洛阳和北齐邺都的建筑布局,只用了一年多时间,新的隋大兴城便竣工了。

谁料想,短暂隋王朝历三十余年而亡。武德元年(618),唐国公李渊于晋阳起兵,逼迫隋恭帝禅位,建立唐朝。他对集隋唐两代建筑的都城进一步扩建,将大兴城改为长安城。

唐都长安基本保留了旧城的布局,但后来在郭城、街坊、道路及东西两市进行了改造和扩建,以适应这个东方大帝国政治、经济、文化各方面的需要。整个长安城坐北向南,布局极为规整,正南正北,左右对称。正如白居易所写:"千百家似围棋局,十二街如种菜畦。"

外郭城中包括皇城和宫城。唐代延续了汉代"左祖右社"的制度,即祖庙在宫殿左侧(东),社稷在宫殿的右侧(西)。城内分为一百一十个坊,东西共十四条大街,南北共十一条大街。城中以朱雀大街为界,将长安城分为东西两半,街西辖五十五坊,归长安县管;街东辖五十五坊，归万年县管。朱雀大街宽达一百五十米，南北走向，宽广平坦。这是大唐帝国都城的博大气势。

唐长安的主要宫殿是太极宫、大明宫和兴庆宫。前两宫在城内北侧。太极宫在长安正中偏北，皇城之内，沿用了隋代的大兴宫。太极宫是唐高宗、唐太宗当年理政之处，"贞观之治"的很多诏令都出自太极宫，这里也有不少唐太宗和魏征君臣之间进谏和纳谏的故事，后来高宗时将理政移至大明宫。

大明宫建于贞观八年（634），在城北的龙首原上，地势较高，"北据高原，南望爽垲"。大明宫的正门是丹凤门，门前是宽达一百七十六米的丹凤门大街。丹凤门正北方向是大明宫的中轴线，由南向北依次建有含元殿、宣政殿、紫宸殿、蓬莱殿、含凉殿、玄武殿。丹凤门和含元殿、紫宸殿建在龙首原最高点，高大雄伟。遥望一千四百年前的长安，从这些规制严谨的建筑、含义隽永的名字，展示了唐王朝的威严和强大。

大明宫中由龙首渠引水入内，修太液池。这样不但解决了宫内吃水问题，也大大改善了环境园林。后来高宗皇帝令增修麟德殿，在大明宫北部偏西，另建有殿和观、亭、楼诸如拾翠殿、跑马楼、斗鸡台等设施三十余处，供自己和后宫享乐。

长安城共有十二座城门，即东面的延兴门、春明门、通化门，南面的启夏门、明德门、安化门，西面的开远门、金光门、延平门，北面的玄武门、方林门、光化门。

其中明德门为南面正门。

杜甫在诗中吟道："秦中自古帝王州。"唐朝是一个辉煌的时代，长安是一座伟大的城市。再没有一座城能像大唐的长安那般让人心驰神往。唐都长安不仅在当时创造了巨大的物质财富，而且积淀了自信自豪、开明开放、创新创优、卓越超越、求实务实的精神财富。

这是中国历史上真正文化自信的时代。

四

公元 717 年，十九岁的日本贵族士子阿倍仲麻吕以遣唐留学生的身份来到长安，进入当时的国立大学——国子监太学学习。

阿倍仲麻吕聪明勤奋，成绩优异，太学毕业后参加科举考试，一举就考中了进士。之后他一直在唐朝做官，七十三岁在长安去世，生前最高官职是光禄大夫兼御史中丞，是国家最高监察机构中权力仅次于御史大夫的高官。

像阿倍仲麻吕这样在唐朝做官的外国人数以百计。唐玄宗创造的大唐极盛之世，国力强盛，中外交往异常频繁，高丽、新罗、百济（均在朝鲜半岛）、日本、林邑（今越南）、泥婆罗（今尼泊尔）、骠国（今缅甸）、赤土（今泰国）、真腊（今柬埔寨）、室利佛逝（今印尼苏门答腊）、诃陵（今印尼爪哇）、天竺（今印度、巴基斯坦、孟加拉）、狮子国（今斯里兰卡）、大食（今阿拉伯）、波斯（今伊朗）等国都与唐朝有广泛的经济文化交流。长安城内包括做官、求学、经商的外国人，曾超过十万人，留学生最多的时候达到八千多人。朝廷允许外国人及其他民族的人在唐朝居住、结婚，也极大地促进了民族融合、文化交流。

当时的唐都长安，有东市、西市两个繁荣的市场，东市主要从事国内贸易，西市主要从事国际贸易。西市占地一千六百多亩，有二百二十多个行业、四万多家固定商铺，聚集了世界各地的客商，从酒店到药店，从食店到粮店，可谓名副其实的"自由贸易区"，不能不承认，早在一千多年前，长安人就已经过上了"买全球、卖全球"的生活。

西市不仅是商贸的平台，也是创业的舞台。唐代中期的窦义，从西市起步，务实经营，不断创新，从种树、卖树的小生意，发展到"商业地产开发"，不仅成为长安首富，还把商铺"窦家店"开到了遥远的罗马城。

特别值得一提的是，随着"丝绸之路"的日益繁荣，中外经济文化交流空前频繁，长安城经济繁华一时。作为当之无愧的世界的政治中心、经济中心、时尚中心、商贸中心，长安的中国读本早已经成为世界读本了。

由长安出发的"丝绸之路"把世界的东方与西方联系了起来；航海事业蓬勃发展，三条水路可以直达日本，还有从广州、泉州等地越南海到东南亚、西亚及埃及和东非的海上交通。通过绵延万里的"丝绸之路"而来的西域、西亚乃至欧洲、非洲的客商或官员，来自日本、朝鲜半岛的客商及留学生、留学僧们，在长安的大街上三五成群，悠闲漫步。当时像阿倍仲麻吕这样在朝廷做官的外国人比比皆是，正是大唐对外开放、包容的态度，引得万邦来朝。据记载，当时与唐朝交往的国家多达七十多个，外国贵族委派子弟到长安的太学学习中国文化，不少僧人在唐长安的寺院里学习佛学。

世界各地的游客以造访长安为荣耀。爱尔兰记者、摄影师、人类学家基恩在《北亚和东亚》中描述说，长安是维系鞑靼斯坦、西藏和四川与中华帝国腹地贸易的要地，向甘肃运送陶器和瓷器、棉花、丝绸、茶叶以及小麦，接受兰州的烟草、豆油、毛皮、药材与麝香，宝石也通过这里输送到西藏与蒙古。

大唐长安，不仅是世界上第一个人口超过一百万的国际化大都市，而且城市面积超过八十平方公里，相当于六个巴格达、七个拜占庭、七个古罗马。有唐一朝不仅经济发达，而且文化繁荣，影响遍及世界，直到今天余音依然绕梁不绝，海外华人聚集区仍被称为"唐人街"，中国传统服饰仍被称为"唐装"。

五

开元十七年那场盛宴，端的是绣衣朱履，觥筹交错，开琼筵以坐花，飞羽觞而醉月。然而，酒香未散，弦歌未尽，华灯依旧，岁月却已经走过了二十余个春秋。

承平日久，国家无事，唐玄宗沉溺宫闱，渐生懈怠之心，公元742年，将年号由开元改为天宝。天宝十四载（755）十一月，手握重兵的胡人安禄山趁朝廷政治腐败、军事空虚之机发动叛乱，次年六月，攻入长安，唐玄宗率众仓皇出奔。

历史上将这场长达八年的叛乱称为"安史之乱"。这次叛乱，让大唐王朝元气大伤，一蹶不振，为其衰落埋下了伏笔，尽管贞观之治、开元盛世之后还有过元和中兴、会昌中兴、大中之治等短暂的复苏，大唐却始终未能回到曾经的巅峰。

其兴也勃焉，其亡也忽焉。

此前，唐玄宗领养的义子王忠嗣，数次上书奏言安禄山将大乱天下，唐玄宗始终置之不理。对于大唐的危机，唐玄宗没有丝毫察觉，听闻王忠嗣之言，却暴跳如雷，对其严加审讯，意欲处以极刑。昏聩若此，怎不危机四伏；忠言逆耳，岂止忠嗣一人？

大唐建都长安，到今天，已经整整一千四百年。寂寥扬子居畔的桂花芬芳犹然在侧，金阶白玉堂前的青松仍是昔时模样，时光却似流水，一去不复返了。永远的荣耀，变成了深长的忧叹。

长安，依旧繁华如梦。但是，这里不再是唐玄宗的长安，也不再是李白的长安了。抽刀断水水更流，举杯消愁愁更愁，豪放不羁的诗仙终于厌倦了长安的生活，远走他乡，仗剑遍游天下。多年以后，李白一反其诗词的豪迈飘逸，用汉乐府歌词的寄寓手法，写下了缠绵悱恻的《长相思》：

长相思，在长安。

络纬秋啼金井阑，微霜凄凄簟色寒。

孤灯不明思欲绝，卷帷望月空长叹。

美人如花隔云端！

上有青冥之长天，下有渌水之波澜。

天长路远魂飞苦，梦魂不到关山难。

长相思，摧心肝！

诗经·邶风·击鼓

击鼓其镗，踊跃用兵。
土国城漕，我独南行。
从孙子仲，平陈与宋。
不我以归，忧心有忡。
爰居爰处？爰丧其马？
于以求之？于林之下。
死生契阔，与子成说。
执子之手，与子偕老。
于嗟阔兮，不我活兮。
于嗟洵兮，不我信兮。

死生契阔，与子成说

呼伦贝尔的名字滥觞于美丽的呼伦湖和贝尔湖，数千以至数万年来，呼伦贝尔以其丰饶的自然资源孕育了中国北方诸多的游牧民族，从而被称为中国北方游牧民族成长的历史摇篮。东胡、匈奴、鲜卑、室韦、突厥、回纥、契丹、女真、蒙古等十几个游牧部族，或在此厉兵秣马，或在此转徙、征战、割据。

两千年如流水般远逝，不胜唏嘘多于无限惊喜，河水带走了两岸，流光氤氲了旧年，在这里，量词暴露了它的局促，形容词变得无力。如烟的往事、天籁般的青葱岁月，让我在喧嚣和躁动的世界里，懂得驻足远望，懂得凝神静听。

时间将使得时间得以生存，岁月却因岁月而灰飞烟灭。

——题记

今天的我，似乎再也无缘相逢两千两百年前的那场大雪。

　　而今天的我，似乎比两千两百年前更看得清那场雪。雪花就在我的身畔，铺天盖地，倾情挥霍残冬的凛冽，我听到它们沉重的脉搏、沉重的呼吸、沉重的脚步，而我的心，像接过一副重担一样，接过它们的欢喜与疼痛。

　　这是我遥远的故乡，呼伦贝尔。

　　两千年姻缘未断，此生却素未谋面，这是我的呼伦贝尔。岁月倥偬，时光轮转，我的心却与我的故乡渐行渐远。去乡多年，最怕听到的是王维的那首诗：君自故乡来，应知故乡事。来日绮窗前，寒梅着花未？时间，就像卑微的西西弗斯，每个凌晨推巨石上山，每临山顶随巨石滚落，周而复始，不知所终。

　　很多时候，遥望天边飘逸着的云朵，遥望时间空洞里的未来，我都在设想，自己就是一个穿着树皮、钻木取火的扎赉诺尔人，与另一个手执木棍、惕然鹤立的扎赉诺尔人，相呴以湿，相濡以沫，日出而作，日落而息。

　　很多时候，俯身大地之上，侧耳倾听从荒原深处传来的远古的雷声在头顶轰然作响，倾听凛冽的寒风吹拂着雪花的飒飒细语，倾听过冬的獾子、麋鹿、野兔、狐狸倾诉着的无尽呢喃，我想象着自己站在古老草原的敖包旁放眼远眺，想象着自己跟随强大的匈奴部落征服东部、统一北方，从此逐水草而居，以狩猎为生。

　　很多时候，跋山涉水，优游卒岁，我驾车驶过了大大小小乡村的心脏，徒步走过了充溢着泥土芳香的田野，心情一直处于欢愉与漂流之中。可是，想到再也不会钻木取火、再也不会俯听雷声、再也找不到遥远的故乡时，我的心里便充满了哀伤。

很多时候，我等待着，等待着两千两百年前的那场大雪将我尽情覆盖，等待着我的扎赉诺尔人来找到我，抚摸着我的胎记，对我说：看！这就是我走失的亲人。我是一个流落人世间的孩子，不知冷暖，不知困乏，不知家在哪里，我迷失在这个世界上，如同困兽在丛林般的世界里徘徊。我就这样，等待着那个人裹挟着雪花找到我。他没来的时候，我的一部分还没有复活；有一天他走了，我的另一部分也开始死去。

更多的时候，我却是在一世又一世的世俗中辗转，一次又一次在这个喧嚣的世界里轮回。两千多年来，为着不同的目的，我东奔西走南征北战，在饥饿中厮杀，在厮杀中奔逃，在奔逃中绝望，在绝望中坚守。在风调雨顺、风情万种的时日里，我曾经短暂地扎下根来，并无数次幻想，周围的平静就是我永远的家。

然而，我错了。

每一次，怀着失望和怅惘，匆匆挥别我曾经无限向往并一度驻留的驿站时，那种巨大的恐惧就会像阴影一般笼罩下来，融化着我的原本并不坚强的神经，压迫并阻挠着我的越来越犹疑的脚步。从北向南，由东到西，一次又一次，我试图让我的脚步变得从容一点、再从容一点，沉着一些、更沉着一些，然而，我愈来愈宿命般地发现，面对着这个无限异化的世界，我的任何努力都是徒劳的。每一次，徘徊于五彩缤纷的霓虹灯的光影里，徜徉在鳞次栉比的摩天大楼间，跻身于形形色色沉默的面孔中，扑怀的寒意便席卷而来，那种赫然有序的冰冷的感觉无时无刻不环绕着我，心底总有些隐隐的牵痛。

直到有一天，一个偶然的机会，一切重新开始。

想必有一些东西冥冥之中自有安排，让我们在最狂妄的时候学会宽容，在最悲观的时候懂得淡泊，在最绝望的时候懂得希望，在最骄傲的时候，洞悉任何用优雅的道貌岸然来反抗放荡与堕落的行为同样廉价，在最寒冷的时候，找到温暖的胸膛。

仲夏的草原，天高气爽。天空晴朗得让人心碎，草原的风在耳畔猎猎作响，野雏菊铺满了山坡。阳光明亮，澄净，神秘，将远方重重叠叠的山巅炼化为一层又一层金光耀眼的轮廓。从地面喷涌上来的热浪，让这些金色的轮廓微微起伏。我们摇下车窗，在风驰电掣的速度中感受风的力量。风很硬，空灵而有力，清新中有些微的苦涩，把我们的衣衫吹得鼓荡起来。云却很平静，一朵一朵点缀在蓝天上，松松蓬蓬，像一大片一大片弹散的棉花。远山连绵起伏，像一大队扎缚得当的少年武士，更像一大队桀骜不驯的奔马，一代天骄成吉思汗驰骋厮杀的呐喊声犹在耳边回荡。

恺撒大帝曾经呐喊："我来了！我看见了！我胜利了！"

我来了，我看见了，我胜利了——这就是呼伦贝尔。

呼伦贝尔的名字起源于美丽的呼伦湖和贝尔湖，数千以至数万年来，呼伦贝尔以其丰饶的自然资源孕育了中国北方诸多的游牧民族，从而被称为中国北方游牧民族成长的历史摇篮。东胡、匈奴、鲜卑、室韦、突厥、回纥、契丹、女真、蒙古等十几个游牧部族，或在此厉兵秣马，或在此转徙、征战、割据。

两千年如流水般远逝，不胜唏嘘多于无限惊喜，河水带走了两岸，流光氤氲了旧年，在这里，量词暴露了它的局促，形容词变得无力。如烟的往事、天籁般的青葱岁月，让我在喧嚣和躁动的世界里，懂得驻足远望，懂得凝神静听。

骑着马，我在山间穿行，在风中驰骋。山的余势束成一道小溪，溪水奔流，波光潋滟，好似藏在草丛中的一面面形状各异的小镜子。鸟音踏水而来，宛如梦里的浮雕，温润如玉，湛然无思。云朵在辽阔而寂静的大地上投下巨大的阴影，低矮的沙蒿星星点点地分布，将阳光的影子固执地盘踞在自己的脚下；一队队洁白的羊群悠然漫步，在沙蒿间穿行，远远地，仿佛天地间冷冷对峙的残局，白方步步紧逼，黑方壁垒森严——在这一刹那，在这充满神奇的寂静之中，谁能说这片刻不就是永恒？谁能不领悟这巨大的空间中所蕴含的深厚的时间？所有的悲伤和困惑，就像一抹染色的轻烟，一撮破碎的残云，悠悠地飘远，淡淡地飘散。

不走进呼伦贝尔，就永远不会读懂我们自幼已经烂熟于心的"天苍苍，野茫茫，风吹草低见牛羊"那苍凉雄浑的意境，体味不出飘荡在草原上空悠扬缠绵的歌声中的蓬勃葱郁之气，明白不了蒙古人刚毅、淡泊、豪爽、粗粝的性格何以得生，更无法理解这个逐水草而居的草原民族无视万丈红尘的自信与从容。

呼伦贝尔，没有一个地方能够像这里一样，抚慰一个个颠沛流离的身躯；呼伦贝尔，没有一个地方能够像这里一样，疗治一颗颗千疮百孔的心灵；呼伦贝尔，没有一个地方能够像这里一样，修葺一簇簇支离破碎的梦想；呼伦贝尔，没有一个地方能够像这里一样，让人流连忘返，魂牵梦绕。

夜空下，星星冷漠而忧伤，远山朦胧而柔和，千万萤火明明灭灭，万千思绪起起伏伏。我的呼伦贝尔，此生此世，我该怎样与你相逢，又该怎样与你挥别？光阴的底子黯淡下去，岁月的蛰须缠上来，勒得我发痛。草原深处的灯光细弱而具有穿透力，月色如水，穿窗而过，映照我的欢欣和悲恸，映照我的无眠。

很多时候，时间是不能用尺度来衡量的，命运亦是如是。生命中的繁荣与衰败，平淡和离奇，大悲与大喜，短短的思念、薄薄的留恋又怎能承载得起？

牧民们风餐露宿、兀兀穷年，在荒凉的沙漠中创造出奇迹，去年在冻土上播种下的固沙植物踏狼的种子已及人高，具有了湮没土地的气势，开满葡萄串般惹人怜爱的紫花，灰鹊在草丛间飞起飞落，踏碎缕缕残阳，其壮美溢于言表。踏访辽文化遗址，感念契丹民族悠远、浑厚的性格；在那达慕大会摔跤手嘹亮的出征歌中，在赛马场"嗒嗒"的马蹄声中，体味到了蒙古人民积健为雄，化浑茫为平淡的民族气魄，以及他们在豪放与淡泊的外表下所蕴藏的坚定的操守和卓越的见识；在松软的沙土深处掘出小鼠，看到它们那惯于在黑夜中行走的眼睛在遭遇光明时的惊慌失措；跟踪过在草场上悠然漫步的绵羊，感动于汽车已抵到它们的尾巴，它们仍胜似闲庭信步的坦然自若；目击了手把羊肉制作的全过程，震动于那些久荷高雅的人类在面对弱小生命时的杀气腾腾，以及弱小生命在面对血刃时的无可奈何……每一次的震撼都无法形容。

时光雕刻的草原，如同海底失落的光，而我，则是在海底失掉尾鳍、焦急等待变成人类的小人鱼。也许，我的命运就是在某个清晨，化作泡沫，浮上海面，在咸涩的海水和泪水中挥别我永远的挚爱。

夜已阑珊，草原寂静如洗。风悄悄过树，月苍苍照台。这条曾疯狂肆虐、斩岸湮溪的河，此时温驯、孱弱、沉默。萤火虫停泊在水面的腐叶上，远远地漂来，打了个转，继续前进，照亮了好长的一段水路。宿鸟呜咽着，低低地掠过。夜晚在我们的脚步声中轰然作响，令我沸腾的思绪陡然生凉。岁月无敌，天曷言哉？天曷言哉？就在那一刻，不期然地，我找到了我童年的那颗星，好低，好沉，像一盏明亮的油灯，触手可及。我奇怪为什么几十年来我一直找不到它。想到那些流逝的岁月，那些流逝的音容笑貌，我的心里充满了寂寂的哀伤。岁月是一条流淌的河，不论在哪个转角掀起波澜，在哪个转角平静安谧，都不容人忽视。

历史的不公道常常以个人痛苦的形式出现，好在历史的负重和生命的强大是无可估量的。对于人类来说，仅有这份力量已经足够。批判的锋芒、反讽的情绪、圆熟的心态、浮躁的信念、犹疑不安的呐喊，固然能使人痛快一阵子，但作为牢固而成熟的维系社会前进的精神纽带，却远远不够。

那些晴朗的午后、那些不眠的深夜，许多东西慢慢温暖我在寒冬中业已冻僵的灵魂，让我发现在我的心底，不泯的回忆仍在以异质的形态与岁月苦苦对峙。一刹那的拥抱，一刹那的分飞；瀼瀼的朝露，皱皱的水波；都市繁密的脚印，群山裸露的脉络；残灯耿然的夜晚，筚路蓝缕的行程……许多时候，完美恰恰在于破碎。感知生命的捷径，不在于面对面的彻悟，更在乎背后的引得。

时间将使得时间得以生存，岁月却因岁月而灰飞烟灭。

难道不是吗？

远离故乡的日子里，故乡，是我们生命的圣地，也是我们推石的动力。而今，走在故乡浩荡的变革中，我们却时时绝望地发现，那些被喧嚣遮蔽的废墟、被繁花粉饰的凌乱，以及被肆意破坏的传承密码，它们切断了我们还乡的心路，让我们在迷失中一路狂奔。记忆中的故乡，是不灭的灯塔，现实中的故乡，却是已沉没于黑暗水域的岛屿。

启明星渐渐地升起来，这就是陪伴了我两千多年的那颗星。它曾经伴随我，一次又一次照亮从黑暗中匍匐前行的道路。我知道，是到了我应该回去的时候了。

感谢那些如启明星般带我寻路的朋友。是他们，陪伴我找到心灵的故乡，每于黑暗时刻，每于彷徨时分，便如神助般出世，举助我，从沉沦中浮上岸来。

纵使化作泡沫，我也心甘情愿。

呼伦贝尔——

死生契阔，与子成说。执子之手，与子偕老。

藤　纸

〔明〕姚　夔

蔓衍空山与葛邻，
相逢蔡仲发精神。
金溪一夜捣成雪，
玉版新添席上珍。

纸上乾坤

位于浙江西部边境的开化，地处浙皖赣三省七县交界处，是浙江省母亲河——钱塘江的源头。这里，春秋属越国，战国属楚国，秦置会稽郡。开化温暖潮湿，群山环抱，九山半水半分田，是华东地区重要的生态屏障，有"中国的亚马逊"之称。曾经风靡朝野的"开化纸"，便是因此而得名。

——题记

一张纸能承载多少传统？一张纸能面对何种未来？答案或许不一而足。

然而，世界上没有纸会怎样？答案只有一个。学者葛剑雄数十年来迷醉于青灯黄卷、浩荡古籍，致力中国史、人口史、移民史研究，他曾经假设："世界上没有纸会怎样？"答案只有一个，假如纸的发明推迟几百年，文明将无法方便地记录与传承。

一

蔓衍空山与葛邻，

相逢蔡仲发精神。

金溪一夜捣成雪，

玉版新添席上珍。

六百年前，明代诗人姚夔兴之所至，挥毫赋诗。他在《藤纸》一诗中所描写的"席上珍"，便是曾经风靡朝野的"开化纸"。

开化纸，因产自浙江省开化县而得名。位于浙江西部边境的开化，地处浙皖赣三省七县交界处，是浙江省母亲河——钱塘江的源头。这里，春秋属越国，战国属楚国，秦置会稽郡。开化温暖潮湿，群山环抱，九山半水半分田，是华东地区重要的生态屏障，有"中国的亚马逊"之称。

由衢州一路迤逦向西，重峦叠嶂间，雾霭纷纭处，仿佛我们勤劳的先民在满山的椆树、榉树、长序榆、连香树、香樟、闽楠、金钱松、鹅掌楸等各种珍奇的树种间挥动斧头，将枝丫、树皮一一采下；如水月光下，灯影闪动时，似乎有原住居民正溯流而上，硕大的炊甑煮锅正烹煮材料赶制纸浆；袅袅烟雾中，缕缕篆香里，蒸腾着如诗如画的江南，氤氲着如痴如醉的江南——明眸皓齿，涤荡着世俗的尘垢，凌空虚舞，开辟了世外的桃源——这似乎就是生长在我们的考据和梦想中的开化纸的制作过程，一页桃花细纸，抒写着我们骨肉匀停的古老文字，远逝足音跫然，回荡着我们清凉细薄的月光呢喃。

二

想象的蛰须，探寻着纸上的乾坤。

开化纸，像一位花季少女，细腻、羞涩、洁白、柔软可爱。开化纸帘纹不甚明显，纸张薄而韧性强，摸起来手感柔润。她，还有一个浪漫的名字——桃花纸，白色的纸上常有一星半点微黄的晕点，状如桃红，因之得名。近代著名藏书家、武进人陶湘就最喜欢收藏殿版开化纸印本，当时人誉其为"陶开化"。

曾有专家考证，清代顺治、康熙、雍正、乾隆时宫里刊书以及扬州诗局所刻的书多用这种纸。清朝的《四库全书》（北四阁）、《钦定古今图书集成》、《康熙字典》、《全唐诗》、《钦定全唐文》、《御制数理精蕴》、《芥子园画传》、《冰玉山庄诗集》、《渊鉴斋御纂朱子全书》、《三妇人集》、《百川学海》和《儒学警悟》等，都被认为是开化纸的刻写本。除此之外，直接冠以开化榜纸刻印的就有《春秋集传》《圣训三百卷》《上谕军令条例》《仁宗睿皇帝圣训》《钦定国史大臣列传》《朱批谕旨》等五十余种。

这是一份长长的名单，名单的背后，一个叫作开化的地方，以单薄而顽强的力量，托起了一个时代的文明。遗憾的是，由于种种原因，"开化纸"渐渐走出人们的视野，嘉庆之后，这种纸的产量大为减少，时至今日，开化纸已经销声匿迹，其制作技艺也全部失传。私人所刊的家刻本，也有少数用开化纸，但数量极少，已是相当奢侈。

开化本能传到今天的，皆是难得之物。这些书籍不但有收藏价值，更有文献价值。1932年，瑞典亲王访华参观北平故宫时，见到乾隆时期用"开化纸"印刷的"殿版书"，十分惊讶，喟叹不已："瑞典现代造纸业颇为发达，纸质虽优，但工料之细，尚不及中国的'开化纸'。"开化纸之工艺，由此可见一斑。

三

去年今日此门中，人面桃花相映红。

渐行渐远的开化纸，一度被文人墨客称为"桃花笺"，一说它以楮皮、桑皮和三桠皮为混合原料，经漂白后抄造而成；一说它以立夏嫩竹为原料，工经七十二道抄造而成，与太史连纸合称"一金一玉"。数百年来，好事者推敲失传的工艺，考据得知：制作"开化纸"的原料主要是山桦皮和生长在荆棘丛中的野皮、黄桉皮、葛藤等四种，其中的黄桉皮最为名贵，它皮质细腻、柔韧，要到白石尖那样的高山石壁上才能采到。制作开化纸的程序一般为：采料、炊皮、沤皮、揉皮、打浆、洗浆、配剂、舀纸、晒干、收藏……这些程序烦冗复杂，难怪开化纸弥足珍贵，却又渐行渐远。

开化纸让人想起陈列于埃及博物馆的纸莎草上的文字和图画。纸莎草距今已有四千至五千年的历史，其制造技术早已失传，原因是中国的造纸技术改变并取代了埃及的传统造纸工艺，加速了纸莎草的消亡。令人感慨的是，经过数十位博士的呕心沥血，纸莎草的部分制作工艺和功能如今已经恢复；而遗憾的是，开化纸的俊俏模样，却仍然费人猜测。

近代以降，开化政府屡屡斥资恢复开化国纸盛况，然而，尽皆无功而返、失望而归。1940年，上海文史馆馆长、商务印书馆董事长、出版家张元济在谈及拟印《册府元龟》时说："昔日开化纸精洁美好，无与伦比，今开化所造纸，皆粗劣用以糊雨伞矣。"此言或可一窥开化纸当年的盛况与堂奥。

开化纸，承载着远古的智慧、远古的浪漫，与今天的我们偶一相遇，却仍徜徉在遥远的岁月深处。何时何地，我们有幸得以与之重逢？

四

《后汉书》记载，蔡伦开启了造纸的历程。

在此之前的"纸"是缣、帛一类的纺织品，"自古书契多编以竹简，其用缣帛者谓之为纸"，但是，"缣贵而简重，并不便于人"。此时，蔡伦位列中常侍，以九卿之尊兼任尚方令，主管监督制造宫中用的各种器物。蔡伦让工匠们把他挑选出的树皮、破麻布、旧渔网等切碎剪断，放在一个大水池中浸泡。过了一段时间，其中的杂物烂掉了，纤维却不易腐烂，就保留了下来。他再让工匠们把浸泡过的原料捞起，放入石臼中，不停搅拌，直到它们成为浆状物，然后再用竹篾把这黏糊糊的东西挑起来，等干燥后揭下来就变成了轻薄柔韧、取材广泛、价格低廉的纸，"自是莫不从用焉，故天下咸称蔡侯纸"。

——这正是今天的纸的滥觞。

在如今这个"纸"将要被竖起的"屏"取代的时代，一张纸能够做什么？我们不妨穿越岁月的迷雾，回到"纸"的原点，重新品读"纸"的芬芳。

很难想象，猎猎山风之中，我们的先祖如何开始寻找身边的便利物事——一枚甲骨，一片贝叶，一支竹篾，一匹绢帛，一张兽皮，一座铜鼎——将他们头脑中那些弥足珍贵的灵光初现，将心底里那些飘曳遥远的记忆一一写下来、刻下来、画下来，用石块，用麻绳，用木片，用浆汁，用模具。这是他们对朴拙生活最粗浅的理解和最生动的记录。

> 截竹为简，破以为牒。
> 书于竹帛，镂于金石。
> 笔底波澜，纸上乾坤。

这是公元的第一个世纪，纸的出现改变了中华文明的辙痕，也改变了世界文明的轨迹。在大树下，在茅屋前，在丛林中，我们的先祖一步一个脚印，将人类对于童年的记忆书写在纸面上，留给无限广袤的未来。美国学者麦克·哈特曾经感慨："今天，纸张成了我们司空见惯的东西，我们很难想象，如果没有纸，世界将会如何。"

遥望那个时代，就在蔡伦尝试着让树皮在水中变得柔软服帖的时候，在不远处的恒河岸边，大月氏人一路向东，建立了强大的贵霜帝国，征服了印度西北部——大乘佛教和犍陀罗艺术由此萌芽。

就在蔡伦尝试着如何从植物中提取纤维的时候，罗马元老院推举涅尔瓦担任元首——由此拉开了安敦尼王朝"五贤帝时代"的华幕——涅尔瓦、图拉真、哈德良、安敦尼·庇护、马可·奥里略先后统治罗马帝国，换来了近百年宝贵的和平与安定。

就在蔡侯纸风靡整个东京（今洛阳）的时候，在遥远的爱琴海边，勤勉的古希腊人托勒密正在绘制第一份世界地图。一千三百年后的某一天，哥伦布从西班牙海岸出发，一路西行寻找遥远的东方时，他带着三艘帆船、八十七名水手，以及这本托勒密绘制的《世界地图》。那时，"北美大陆"还没有被发现，印度洋还是一片浩瀚封闭的海洋——纵使在今天，我们依然惊诧于托勒密究竟用何种办法洞悉了这个我们至今仍感觉陌生的世界。

这是纸诞生的那个时代。一张纸能开启怎样的文化传统？又能赓续怎样的文明样式？此事也许说来话长——

但是，答案不言自明。

思 旧 赋

〔魏晋〕向 秀

将命适于远京兮，遂旋反而北徂。

济黄河以泛舟兮，经山阳之旧居。

瞻旷野之萧条兮，息余驾乎城隅。

践二子之遗迹兮，历穷巷之空庐。

叹黍离之愍周兮，悲麦秀于殷墟。

惟古昔以怀今兮，心徘徊以踌躇。

栋宇存而弗毁兮，形神逝其焉如。

昔李斯之受罪兮，叹黄犬而长吟。

悼嵇生之永辞兮，顾日影而弹琴。

托运遇于领会兮，寄余命于寸阴。

听鸣笛之慷慨兮，妙声绝而复寻。

停驾言其将迈兮，遂援翰而写心。

江春入旧年

——嵇康与广陵

> 嵇康，字叔夜，谯国铚人也。其先姓奚，会稽上虞人，以避怨，徙焉。铚有嵇山，家于其侧，因而命氏。兄喜，有当世才，历太仆、宗正。康早孤，有奇才，远迈不群。身长七尺八寸，美词气，有风仪，而土木形骸，不自藻饰，人以为龙章凤姿，天质自然。恬静寡欲，含垢匿瑕，宽简有大量。
>
> ——《晋书·嵇康传》

一

从这场酒席中散去，微醺的中散大夫嵇康匆匆赶去另一场酒会。

在竹林间舒展广袖，狂舞长啸，清峻的嵇康想象自己是一只孤绝、清瘦的飞鸟，在寂寥的高空中不知疲倦地翱翔，俯瞰浩瀚的林海，俯瞰浩瀚的南中国。

夜的精魂不停地缠绵，不倦地周旋。

时而飞，时而停，时而高蹈轻扬，时而缱绻低回，中散大夫携琴自问——是否还记得曾经嬉戏的洛西、曾经夜宿的月华亭？是否还记得绵密无寝长夜漫漫、起坐抚弦遂成新曲？雅乐新成，纷披灿烂，戈矛纵横，惊天动地，嵇康谓之《广陵散》。

时光，如水波般流动。天池辽阔谁相待，日日虚乘九万风——端的是似水流年啊！

这是中国文化最浪漫深情的一刻，也是中国历史最波诡云谲的一页。嵇康像一只孑然独立的大鸟，与乌云一道在电闪雷鸣中穿梭。他龙章凤姿，不自藻饰；他悲愤幽咽，慨然不屈；他昂首嘶鸣，浩气当空；他弹琴咏诗，自足于怀——雷电为他的翅膀镶嵌了一道璀璨的金边，他踏着阵阵松涛，宛若深山中狂飙的雄鹰。

嵇康，公元224年出生于魏国谯郡铚县，先祖本姓奚，会稽上虞人，为避世怨，迁徙于嵇山，置家于其侧，因而以"嵇"命为姓氏。嵇康年少才高，重思想，善谈理，懂音律，能属文，高情远趣，率然玄远。正始末年，嵇康居山阳，"所与神交者惟陈留阮籍、河内山涛，豫其流者河内向秀、沛国刘伶、籍兄子咸、琅琊王戎，遂为竹林之游"，肆意酣畅，共倡玄学新风，主张"越名教而任自然""审贵贱而通物情"，世谓"竹林七贤"。

据史书记载，嵇康曾经在洛阳西边游玩，晚上夜宿华阳亭，引琴弹奏。夜半时分，突然有客人拜访，自称是古人，他与嵇康一同谈论音律，辞致清辩，于是索琴而弹，声调美妙绝伦，他将这首乐曲传授给嵇康，并让嵇康起誓绝不传给他人，他亦不言其姓字。

——这就是传说中的《广陵散》。

嵇康所作《广陵散》，又名《广陵止息》，古时亦名《聂政刺韩傀曲》。嵇康以善弹此曲著称，听者如闻天籁。公元 263 年，嵇康为司马昭所害。刑场上，三千太学生向朝廷请愿，请求赦免嵇康，并要拜嵇康为师，司马昭不允。临行前，嵇康无一丝伤感，从容不迫索琴弹奏，天籁般的曲调弥漫在刑场上空。嵇康弹罢，慨然叹惋："世间从此再无《广陵散》！"

叹罢，从容引首就戮，时年仅四十岁。《晋书》记载：

> 康将刑东市，太学生三千人请以为师，弗许。康顾视日影，索琴弹之，曰："昔袁孝尼尝从吾学《广陵散》，吾每靳固之。《广陵散》于今绝矣！"

海内之士，莫不痛之。晋文帝司马昭不久亦醒悟，然而，悔之晚矣。

痛失的，岂止嵇康，更有广陵清音。天籁只能天上得，哪堪人间共此声？

每读到此处，便无端地想起文天祥那首七律：

生前已见夜叉面，

死去只因菩萨心。

万里风沙知己尽，

谁人会得广陵音。

二十八个字，痛彻心扉。

秦始皇焚书坑儒，焚琴煮鹤。琴，"秦灭六国，至汉不兴"。时至魏晋琴、曲皆失，《广陵散》再无知音。

二

这是一场酣畅淋漓的欢聚，这是一个放荡无羁的时代。

忧时悯乱、骏放沉挚的阮籍，外柔内刚、淳深渊默的山涛，容貌丑陋、澹默寡言的刘伶，任性不羁、妙达八音的阮咸，清悟识远、狷介忠直的向秀，识鉴过人、谲诈多端的王戎，以及——永远不会缺席的嵇康。他们嗜酒如命，酣饮时烂醉如泥，清醒时装疯佯狂。

这是一幅怎样汪洋恣肆的画卷？这是一种怎样心有灵犀的景象？春风荡漾，柳丝拂面，众人一起围坐，面对面痛饮。阮籍习武艺，能长啸，善弹琴，好为青白眼。遇见所谓"唯法是修，唯礼是克"的礼法之士，阮籍必以白眼对之。阮籍的母亲去世后，嵇康的哥哥嵇喜来致哀，因为嵇喜是在朝为官的礼法之士，于是阮籍也不管守丧期间应有的礼节，给了嵇喜一个大大的白眼。后来，嵇康带着酒、琴而来，阮籍马上便由白眼转为青眼。阮咸更是不拘小节，大瓮盛酒，与猪同饮。嵇康与向秀饮罢，便在家门前的柳树下打铁自娱，嵇康掌锤，向秀鼓风，二人旁若无人，自得其乐。刘伶每饮必醉，常乘坐鹿车，携一壶酒，使人荷锸而随之，左右顾盼，其妻劝止，刘伶大笑道："死又何惧？死便埋我！"

这是一场怎样没有休止的酒宴？这是一群怎样没有嫌隙的挚友？他们虽有满腹才华，空有满腔壮志，却错生在一个毫无光亮的时代。曹魏后期，政局混乱，曹芳、曹髦既荒淫无度，又昏庸无能。司马懿、司马师父子掌握朝政，废曹芳，弑曹髦，大肆诛杀异己。他们所看见的，是恐怖的屠杀、虚伪的礼法。他们不满司马氏的所作所为，更不愿依附司马氏。他们崇尚老庄的自然无为，蔑弃礼法规则。他们是嵇康真正的知音，是他的听众、他的读者，无论微醺，还是酩酊。

有学者将这个时代称为"世说新语"时代。我们不妨用四个词来概括那个时代：玄幻、谋篡、战乱、黑暗。也不妨用四个词来概括他们的心绪：哀伤、苦闷、恐惧、绝望。

这是何等的玄幻、谋篡、战乱、黑暗？这是何等的哀伤、苦闷、恐惧、绝望？走出竹林，便是无尽的长夜，放下酒盏，便是亘古的空虚。他们紧紧地贴伏着大地，紧紧地簇拥在一起，像凛冽寒风中残存的雏鸟——覆巢之下，其能幸哉？

万里风沙知已尽，谁人会得广陵音？

嵇康一生放荡作文，桀骜为人。他的诗歌存世仅五十余首，后世却评价极高，赞叹其诗不为《风》《雅》所羁，直写胸中之语。他的文论存世六七万字之多，句句隽永，字字珠玑。读嵇康的《琴赋》，眼前不时闪回这位执着于精神自由、终日与琴为友的士子形象：

> 余少好音声，长而玩之。以为物有盛衰，而此无变；滋味有厌，而此不倦。可以导养神气，宣和情志。处穷独而不闷者，莫近于音声也。是故复之而不足，则吟咏以肆志；吟咏之不足，则寄言以广意。然八音之器，歌舞之象，历世才士，并为之赋颂。其体制风流，莫不相袭。称其才干，则以危苦为上；赋其声音，则以悲哀为主；美其感化，则以垂涕为贵。丽则丽矣，然未尽其理也。推其所由，似原不解音声；览其旨趣，亦未达礼乐之情也。

嵇康以为，"众器之中，琴德最优"。而操琴之德，何尝不是为人之德？在《琴赋》文末的"乱"段，嵇康咏叹琴的和悦之德，无法探其深广；体味琴的清明之体，无法知其旷远，感慨琴的高邈之美，无法遇其企及；倾听琴的优良之质，无法得其驾驭；惋惜琴的至性至情，堪称群乐之首，可惜知音者渺邈。而这些，何尝不是以琴寓世、以琴喻人？

惜惜琴德，不可测兮；体清心远，邈难极兮；良质美手，遇今世兮；纷纶翕响，冠众艺兮；识音者希，孰能珍兮；能尽雅琴，唯至人兮！

嵇康文章，多为论说，所著诸文论六七万言，皆为世所玩咏。他曾作《声无哀乐论》，针对儒家的"治世之音安以乐，亡国之音哀以思"，旗帜鲜明地加以辩驳：音乐是客观存在的音响，哀乐是人们的精神被触动后产生的感情，两者并无因果关系，亦即"心之与声，明为二物"，"心"和"声"，明明就是两种东西，压根就没有什么关系。

夫天地合德，万物贵生，寒暑代往，五行以成。故章为五色，发为五音；音声之作，其犹臭味在于天地之间。其善与不善，虽遭遇浊乱，其体自若而不变也。岂以爱憎易操、哀乐改度哉？及宫商集比，声音克谐，此人心至愿，情欲之所钟。故人知情不可恣，欲不可极故，因其所用，每为之节，使哀不至伤，乐不至淫，斯其大较也。

嵇康为文，多借景抒情，托物言志。在《琴赋》中，他讲述琴的材质及其生长环境、在能工巧匠手中的制作，随之写到琴音的优美典雅、变化无穷，盛赞琴的高尚和平、纯洁正直的品格。不论是琴音、琴思、琴德，还是叙事、写景、抒情，嵇康之文如同其人，笔势放纵，汪洋恣肆，辞采绚烂，让人无法不击节赞叹。

正是在这篇赋中，嵇康曾将自己喜好的古琴曲目排出顺序。他认为，首先无可争议的是《广陵》，接下来是《止息》《东武》《太山》《飞龙》《鹿鸣》《鵾鸡》《游弦》，他认为这几首古曲变换为不同的演奏方式，如果声色自然，流畅清楚美妙，都能消除烦躁情绪。后代变换的俗谣俗曲，当属汉末蔡邕创制的《蔡氏五弄》。接下来还有《王昭》《楚妃》《千里别鹤》。最后还有一时权宜之作，杂进俗曲，也有一些值得浏览的琴曲。所以，所谓曲高和寡者，"然非旷远者不能与之嬉游；非夫渊静者不能与之闲止；非夫放达者不能与之无㤪；非夫至精者不能与之析理也"。

嵇康道德文章影响深远，清代何焯感喟："叔夜千古人，此赋亦千古文。读此赋，如闻鸾凤之音于云霄缥缈之际。"

嵇康，身长八尺，容止出众。

这样一位翩翩佳公子，加之满腹诗书，可谓器宇轩昂、玉树临风，简直是那个黯淡时代的华彩篇章。举目皆是战祸、离索、弥乱、凋敝、血腥、恐惧……可是，有什么能掩盖得住心中鼓荡的丰盈与骄傲？嵇康曾娶曹操曾孙女为妻，官拜曹魏中散大夫，从此与曹魏有了生死之缘分。也恰是因为他与曹魏的不离不弃，种下了他终于为钟会所构陷、为司马昭所杀害的祸根。

说到嵇康桀骜不驯的性格、坎坷多舛的命运，不能不提"竹林七贤"中的山涛，以及嵇康写给山涛的《与山巨源绝交书》。

山涛在由选曹郎调任大将军从事中郎时，欲荐举嵇康代其原职。没想到，嵇康听到消息，勃然大怒，不仅在信中断然拒绝山涛的荐引，而且傲慢地申明自己赋性疏懒，不堪礼法约束，不可加以勉强，发誓从此与山涛断绝往来。

在这封长信中，嵇康开篇毫不客气地说，我性格直爽，心胸狭窄，对很多事情绝不姑息（"直性狭中，多所不堪"）；性情懒漫，筋骨迟钝，肌肉松弛，头发和脸经常一月或半月不洗，如不感到特别发闷发痒绝不愿意洗浴（"性复疏懒，筋驽肉缓，头面常一月十五日不洗，不大闷痒，不能沐也"）。好在朋友们都能够忍受他孤傲简慢的性情、背离礼法的行为（"侪类见宽，不攻其过"）。

此后，嵇康以"七不堪"力陈拒绝山涛的理由：

> 人伦有礼，朝廷有法，自惟至熟，有必不堪者七，甚不可者二：卧喜晚起，而当关呼之不置，一不堪也。抱琴行吟，弋钓草野，而吏卒守之，不得妄动，二不堪也。危坐一时，痹不得摇，性复多虱，把搔无已，而当裹以章服，揖拜上官，三不堪也。素不便书，又不喜作书，而人间多事，堆案盈机，不相酬答，则犯教伤义，欲自勉强，则不能久，四不堪也。不喜吊丧，而人道以此为重，己为未见恕者所怨，至欲见中伤者；虽瞿然自责，然性不可化，欲降心顺俗，则诡故不情，亦终不能获无咎无誉如此，五不堪也。不喜俗人，而当与之共事，或宾客盈坐，鸣声聒耳，嚣尘臭处，千变百伎，在人目前，六不堪也。心不耐烦，而官事鞅掌，机务缠其心，世故烦其虑，七不堪也。

嵇康在这封信的末尾义愤填膺地写道："若趣欲共登王途，期于相致，时为欢益，一旦迫之，必发狂疾。自非重怨，不至于此也。"也就是说，我与你并无深仇大恨，何苦为难我让我去做官呢？

山涛是竹林七贤中最年长的一位，也堪称"竹林七贤"的伯乐。他的风神气度，震撼了"竹林"。同为"竹林七贤"的王戎对他的评论是："如璞玉浑金，人皆钦其宝，莫知名其器。"也就是说，他给人一种质素深广的印象。大器度，正是其时名士之一种风度。虽然山涛与嵇康情意甚笃，但是人生志趣未必相同，就在嵇康越来越放任自然之时，山涛却越来越彰显其入仕之心、治世之才、运筹之策、选人之能。他走的是另一条道路。

山涛不是一个没有见识的人，他谨慎小心地接近权力，却又小心翼翼地回避权力。毫无疑问，纵然狂放如嵇康者，在道德品行上也是了解自己的朋友、信任自己的朋友的。他后来因得罪司马氏而被治罪，临死前对儿子嵇绍说的最后一句话便是："有巨源在，你便不会孤独无靠了。"

在曹氏与司马氏权力争夺的关键时刻，山涛看出事变在即，"遂隐身不交世务"。这之前他做的是曹爽的官，而曹爽将败，故隐退避嫌。但当大局已定，司马氏掌权的局面已经形成，他便出来。山涛与司马氏是很近的姻亲，靠着这层关系，他去见司马师。司马师知道他的用意与抱负，便对他说："吕望欲仕邪？"于是，"命司隶举秀才，除郎中，转骠骑将军王昶从事郎中。久之，拜赵相，迁尚书吏部郎"。此后，嵇康与山涛在政治上分道扬镳，山涛一帆风顺，货与帝王家，征程万里无隔阻；嵇康绝尘而去，血染断头台，不做俗世一尘埃。

嵇康曾有《与山巨源绝交书》一文，后人因此对山涛颇多鄙夷。嵇康是非分明，刚直峻急。而山涛则举事有度，量体裁衣，凡事不逾矩，不违俗。譬如他也饮酒，但有一定限度，至八斗而止，与其他人的狂饮至于大醉不同。山涛生活俭约，为时论所崇仰。他在嵇康被杀后二十年，荐举嵇康的儿子嵇绍为秘书丞，他告诉嵇绍说："为君思之久矣，天地四时，犹有消息，而况人乎！"可见，二十余年，他从未忘却旧友。

嵇康为司马昭所杀，犹如一个暗夜炸开的信号，"竹林"自此分崩离析，有人走向心怀汤火、足履薄冰的震颤，有人走向潇洒挥放、逶迤远行的傲然，有人走向穆如清风、冰清玉洁的旷达，有人走向质朴素真、恬淡自然的无为，有人走向哲思飞扬、才情盈溢的飘逸，有人走向有道言兴、无道默容的明哲保身。向秀悲恸不已，他写下千古绝唱《思旧赋》，怀念与老友同游山林的岁月：

　　　将命适于远京兮，遂旋反而北徂。
　　　济黄河以泛舟兮，经山阳之旧居。
　　　瞻旷野之萧条兮，息余驾乎城隅。
　　　践二子之遗迹兮，历穷巷之空庐。
　　　叹黍离之愍周兮，悲麦秀于殷墟。
　　　惟古昔以怀今兮，心徘徊以踌躇。

栋宇存而弗毁兮，形神逝其焉如。

昔李斯之受罪兮，叹黄犬而长吟。

悼嵇生之永辞兮，顾日影而弹琴。

托运遇于领会兮，寄余命于寸阴。

听鸣笛之慷慨兮，妙声绝而复寻。

停驾言其将迈兮，遂援翰而写心。

在这篇赋的序中，追思与老友过往游宴欢饮的点点滴滴，向秀慨然叹息："嵇博综技艺，于丝竹特妙。临当就命，顾视日影，索琴而弹之。余逝将西迈，经其旧庐。于时日薄虞渊，寒冰凄然。邻人有吹笛者，发音寥亮。"

斯人已去，足音跫然。

四

"聂政"曲何以名"广陵"？

韩皋曾经给出一个颇为可信的理由："扬州者，广陵故地，魏氏之季，毋丘俭辈皆都督扬州，为司马懿父子所杀。叔夜（嵇康）悲愤之怀，写之于琴，以名其曲，言魏之忠臣散殄於广陵也。盖避当时之祸，乃托於鬼神耳。"时运不济，遂以广陵言志。

谁能想到，今日温婉可亲的扬州，竟然是昔日嵇康抚琴言志的广陵故地？

虞渊未薄乎日暮，广陵终不绝人间。

这是晚春的扬州，烟花三月的广陵雾雨还未飘远，时间却已行进至一千七百年后的今天，清朗的空气便开始讲述与昨天的记忆迥然不同的故事。林钟宫音，其意深远，音取宏厚，指取古劲，广陵余音绕梁，至今犹在耳畔，一支新曲俨然歌成。

江水北去，淮河南来。

这是一年里最欢腾、最茁壮的日子。大地上冰封的一切早已苏醒，暗夜里沉寂的一切正在绽放。被雾雨笼罩的广陵，繁花似锦，万马奔腾，举目皆是浓墨重彩的山水画卷。

风无边，水无界。

公元前486年，吴王夫差开邗沟，筑邗城，沟通江淮，成就了后世"烟花三月下扬州"。水，催生了扬州的数度繁华，也孕育了扬州的悠久文明。站在江都水利枢纽的高台上，荡胸顿生层云。过去的岁月气势磅礴，如水波般一泻千里，雄伟壮观，恍若嵇康的广陵绝响。

扬州盐商富甲天下，留下了美轮美奂的园林、婀娜多姿的景致、穷奢极欲的宅邸。清代戏曲家李斗在其笔记集《扬州画舫录》曾写道："杭州以湖山胜，苏州以市肆胜，扬州以园亭胜，三者鼎峙，不分轩轾。"而今，这些园林、亭台、宅邸，已成为扬州璀璨多姿的文化景观。当年的广陵，走过无数风雷激荡的岁月，在万千气象、日新月异的今天，正在由古老的遗存，蝉蜕为羽化的新生。

古城里，举步皆是脊角高翘的屋顶、风韵痴绝的门楼，直露中有迂回，舒缓处有起伏；古巷曲折蜿蜒，巷子里的茶楼和酒肆藏而不露，每每寻到，便是无边的惊喜，让人回味无穷。瘦西湖上，五亭桥造型秀美，富丽堂皇，如同湖的一束玉带。传说这是清扬州两淮盐运使为了迎接乾隆南巡，特雇请能工巧匠设计建造的。桥上雕栏玉砌，彩绘藻井；桥下四翼分列，十五个券洞彼此相通。每当皓月当空，各洞衔月，金色荡漾，众月争辉，倒挂湖中，不可捉摸。"青山隐隐水迢迢，秋尽江南草未凋。二十四桥明月夜，玉人何处教吹箫？"杜牧的诗句恍若与月色一道，铺满了银色的水面。

五

这是中国历史一段波诡云谲的时期。

魏晋南北朝——史家惯于从建安元年（196）开始计算，到隋开皇九年（589）隋文帝统一中国为止，前后共约四百年。

漫长四个世纪，无疑是中华民族家国分裂、政治动荡、战火频仍、割据政权林立的时代。这期间，共发生较大规模的战争五百余次，先后建立三十五个大大小小的政权，只有西晋实现过短短的三十七年的统一，其余皆处于分裂状态，可谓"城头变幻大王旗"。秦汉以来的物质积淀被糟蹋殆尽，董卓之乱、八王之乱、侯景之乱、五胡乱华……天灾人祸，生灵涂炭，国家满目疮痍，人民流离失所。

然而，若论在中国历史上的风采独具、文采焕然，无出魏晋南北朝其右。一方面，社会生活空前动荡与纷乱；一方面，是文学创作空前发展与繁荣。这是士人思想最活跃、精神最自由、个性最张扬、行为最放纵的时代，这是一个具有艺术气质的时代。

这是一个"世说新语"时代。在这样一个时代，天下规则散尽，斯文扫地。在这样一个时代，不难理解，何以武好法术，文慕通达；何以天下之士，不循前轨。

遗憾的是，旷世之才如嵇康，也只能以自己的方式在这个时代的夹缝中求生。

"爱有大而必失，恶有甚而必得；智慧不能去其恶，威力不能全其爱。故前识所不用心，而圣人罕言焉，若乃系情累于外物，留曲念于闺房，亦贤俊之所宜废乎?"这是陆机在《吊魏武帝文》写到曹操临终吩咐后事时的描述，惋惜一代明主的远行，笔笔顿挫，气势畅达。这还是"日月之行，若出其中；星汉灿烂，若出其里"壮怀千里的曹操吗？这还是"山不厌高，海不厌深；周公吐哺，天下归心"运筹帷幄的曹操吗？这还是"老骥伏枥，志在千里；烈士暮年，壮心不已"永不言败的曹操吗？这是与嵇康有着千丝万缕牵挂的曹魏，是一个大时代拉开华幕的序曲。然而，落花流水终去也，英雄暮年，恰如一个时代的谢幕，端的是有着说不尽的凄伤和沧桑。

昔我往矣，杨柳依依；今我来思，雨雪霏霏。

让我们重新回到一千七百年前的历史现场，清点烽烟凉尽的烟火，收殓岁月老去的残骸。这是景元二年（261），嵇康作《与山巨源绝交书》，两年后，他为司马氏所杀。有心者也许会留意，会在青灯黄卷中翻到曾经被我们忽视的片段，以及这些片段中的丝丝缕缕——半个世纪之前，曹丕在《典论·论文》中写下了"盖文章，经国之大业，不朽之盛事"的千古绝唱；在《与王朗书》中写道："生有七尺之形，死唯一棺之土。"王粲在《登楼赋》中写下了"人情同于怀土兮，岂穷达而异心。"半个世纪后，在匈奴的进逼中，洛阳失守，建兴四年（316）西晋灭亡。这场战争中，匈奴长驱直下，很快便控制了几乎整个中原，长达一百多年的大动乱大灾难大纷争就这样开始了，中华民族陷入漫漫寒夜。史官干宝在《晋纪总论》中写道："国政迭移于乱人，禁兵外散于四方，方岳无钧石之镇，关门无结草之固"，最终"脱耒为兵，裂裳为旗，非战国之器也；自下逆上，非邻国之势也。然而成败异效，扰天下如驱群羊，举二都如拾遗芥，将相王侯连头受戮，乞为奴仆，而犹不获，后嫔妃主，虏辱于戎卒，岂不哀哉？"国家顺乎天命方可兴盛，顺乎民意方可和谐，以礼仪教化百姓方可建立纲常，国家基础宽厚方可难以颠覆。正如树木根深叶茂则难以拔掉，政教有条有理则国家不乱，法纪牢靠周密则社会安定。如此者，方为治国之策、立国之本。

前后不过百年，世事更迭如斯。随风云变幻的，是利益的血腥和政治的无情。不变的，是士子千百年来一脉相承的家国情怀、道义文章——莫谓书生空议论，头颅掷处血斑斑。

"夜中不能寐，起坐弹鸣琴。薄帷鉴明月，清风吹我襟。孤鸿号外野，翔鸟鸣北林。徘徊将何见？忧思独伤心。"这是阮籍的《咏怀诗》。其孤绝旷逸，寓意深远，所书所写何尝不是嵇康？不难想象，某个黑暗寂静得没有边际的长夜，嵇康、阮籍夜阑酒醒，忧畏难去，在耿介与求生间矛盾，在旷达与良知中互争，嵇康的悲凉郁结莫可告喻。这些悲凉郁结充溢于他的字里行间，穿越无数个日日夜夜，至今仍散发着彻骨的寒凉。

霜被野草，岁暮已去。

端的，是该散了——

寄韩潮州愈

〔唐〕贾　岛

此心曾与木兰舟，直到天南潮水头。
隔岭篇章来华岳，出关书信过泷流。
峰悬驿路残云断，海浸城根老树秋。
一夕瘴烟风卷尽，月明初上浪西楼。

在火中生莲

——韩愈在潮州

唐元和十四年，韩愈贬任潮州刺史。

潮州属岭南道，濒南海，《旧唐书》记载其"以潮流往复，因以为名"。《永乐大典·风俗形胜》："潮州府隶于广，实闽越地，其语言嗜欲，与福建之下四府颇类，广、惠、梅、循操土音以与语，则大半不能译，惟惠之海丰与潮为近，语音不殊，至潮、梅之间，其声习俗又与梅阳之人等。"潮州自古就是荒凉偏僻的"蛮烟瘴地"，是惩罚罪臣的流放之所，唐代亦然。不少名公巨卿如常衮、韩愈、李德裕、杨嗣复、李宗闵等都曾经被远贬潮州。

潮州一任不到八个月，韩愈以极大的热情，投身到一系列为民谋利的工作中。他驱除鳄鱼，奖劝农桑，兴办教育，大修水利，延选人才，传播中原先进文明，从而使当时的蛮荒之地潮州，发生了翻天覆地的变化。潮州百姓永远记住了韩愈，潮州的山水、路堤、亭台，很多都为纪念韩愈而命名，后人因此赞道："不虚南谪八千里，赢得江山都姓韩。"

居尘学道，火中生莲；德润古今，道济天下。这恰是今天来谈韩愈的意义所在。无论为文为官，无论是进是退、是荣是辱，只要能力之内，必应"民"字当先。爱民如子，视民如伤，为官一任，造福一方——做到这十六个字，才能得到人们发乎内心的拥戴，一生功业才会在百姓的口口相传中永世流芳。

——题记

文章随代起，烟瘴几时开。

不有韩夫子，人心尚草莱。

康熙二十三年的一天，清代两广总督吴兴祚一路向东，从广州来到潮州的韩文公祠。

远山如骏马奔腾而来，海天一色中的石阶高耸云表。岁月凋零，人心不老。吴兴祚感慨万分，题诗勒石。

这一年是 1684 年。此后三百余年，因为这首诗，吴兴祚与他倾慕不已的文公韩愈一道，被镌刻在中国南疆的文化碑林。

以这一刻为终点，时光向前倒退八百六十五年——这是公元 819 年，元和十四年，短暂的"元和中兴"已经攀到了顶峰。唐宪宗励精图治，国家政治由动荡渐渐回归正轨。这一年，是值得书写的一年：李诉讨伐平定淮西节度使吴元济；横海节度使程权奏请入朝为官；申州、光州全部投降；朝廷收复沧、景二州；幽州刘总上表请归顺；成德镇上表自新，献德州、棣州；刘悟杀节度使李师道降唐；成德王承宗、卢龙刘总相继自请离镇入朝……藩镇割据的局面暂告结束。

端的是轰轰烈烈、扬眉吐气的一年。这一年，还有一件很小很小的事，小到同这一年的任何一件事相比，似乎都可以忽略不计。然而，恰恰是这件小事，改变了中国文化的命运。

史料记载："十四年正月，宪宗遣宦官赴法门寺迎佛骨至长安，留宫中供奉三日，然后送各个寺院供奉。长安王公百姓瞻视施舍，唯恐不及。"刑部侍郎韩愈却不以为然，他"不合时宜"地上表切谏，慷慨陈词，直言将佛骨送到寺院里让百姓供养，毫无意义且劳民伤财。在中国数千年、数万计的"表"中，这份秉笔直言、震古烁今的《论佛骨表》，是中国文化史中足以彪炳史册的大文章，也是中国政治史上文人因言获罪的耻辱一页。

由是韩愈贬谪潮州。韩愈于潮州的八个月，是他抱病守缺、失意彷徨的八个月，却是潮州日新月异、脱胎换骨的八个月，从此儒风开岭峤，香火遍瀛洲。

一

元和十四年元月十四日，一千二百年前一个阴冷晦暗的冬日，韩愈蹒跚着走出长安，以戴罪之身一路向东、向南，再向东、向南。

潮州属岭南道，濒南海，《旧唐书》记载其"以潮流往复，因以为名"。潮州自古就是荒凉偏僻的"蛮烟瘴地"，是惩罚罪臣的流放之所，唐代亦然。不少名公巨卿如常衮、韩愈、李德裕、杨嗣复、李宗闵等都曾经被远贬潮州。

一封朝奏九重天，夕贬潮州路八千。

欲为圣明除弊事，肯将衰朽惜残年。

云横秦岭家何在？雪拥蓝关马不前。

知汝远来应有意，好收吾骨瘴江边。

在途中，韩愈写下了这首千古流芳的诗篇。十五年前，他因上书论旱，得罪佞臣，被贬阳山，也是隆冬时节，也曾途经蓝关。悲怆之情，何其相似？这是韩愈第二次被贬黜岭南，这一年，他拖着五十二岁的"朽"之躯，以为自己就此葬身荒夷，永无重归京师之日，无限唏嘘地托付子侄替自己埋骨收尸。

潮州，是韩愈一生中最大的政治挫折。在被押送出京后不久，韩愈的家眷亦被斥逐离京。就在陕西商县层峰驿，他那年仅十二岁的女儿竟病死在路上。不难理解，何以韩愈关于潮州的诗文中，惊愕、颠簸、险滩、潮汐、雷电、飓风……鬼影般反复出现："飓风鳄鱼，患祸不测；州南近界，涨海连天；毒雾瘴氛，日夕发作"（《潮州刺史谢上表》），"恶溪瘴毒聚，雷电常汹汹。鳄鱼大于船，牙眼怖杀侬。州南数十里，有海无天地。飓风有时作，掀簸真差事"（《泷吏》）。

仕途的蹭蹬、女儿的夭折、家庭的不幸、命运的乖蹇；因孤忠而罹罪的锥心之恨，因丧女而愧疚的切肤之痛；对宦海的愁惧，对京师的眷恋……悲、愤、痛、忧，一齐降临到韩愈头上。这是最孤寂的征程，在漫无边际的冬日，世界向它的跋涉者展示着广袤的荒凉。

谁能想到，仅仅五年前的元和九年（814），韩愈还在应衢州刺史徐放之邀撰写的《徐偃王庙碑文》中感喟：

在火中生莲

婉婉偃王，惟道之耽。以国易仁，为笑于顽。自初擅命，其实几姓。历短詈长，有不偿亡。课其利害，孰与王当。姑蔑之墟，太末之里。谁思王恩，立庙以祀。王之闻孙，世世多有。唯临兹邦，庙土实守。坚峤之后，达夫廓之。王殁万年，如始祔时。王孙多孝，世奉王庙。达夫之来，先慎诏教。尽惠庙民，不主于神。维是达夫，知孝之元。太末之里，姑蔑之城。庙事时修，仁孝振声。宜宠其人，以及后生。嗟嗟维王，虽古谁亢。王死于仁，彼以暴丧。文追作诔，刻示茫茫。

徐氏源于嬴姓，以国名为氏。据史料记载，徐偃王得国传二千年，几乎与夏、商、周相终始。夏禹时，伯益因辅佐治水有功，其子若木被封于徐，建立了徐国。韩愈《衢州徐偃王庙碑》记载"徐氏十望，其九皆本于偃王"，天下的徐氏尊偃王为宗祖。作为徐偃王后人，徐放重修了徐偃王庙，并邀请韩愈为其撰写《徐偃王庙碑文》。

回溯徐偃王"行仁义兴国又因行仁义而失国"，韩愈怎能不感慨万千？这五年里，发生了太多太多的事情：元和九年，韩愈任考功郎中，仍任史馆修撰；元和十年，韩愈晋升为中书舍人，此后获赐绯鱼袋；元和十二年八月，宰相裴度任淮西宣慰处置使、兼彰义军节度使，聘请韩愈任行军司马，赐紫服佩金鱼袋；同年十二月，淮西平定后，韩愈随裴度回朝，因功授职刑部侍郎。元和十三年，尚书左仆射郑余庆因谙熟典章，被任命为详定使，对朝廷仪制、吉凶五礼加以修订。韩愈被引为副使，参与修订工作……韩愈正意气风发地高歌猛进，建功时代。

五

赴潮之时，宪宗盛怒之下，命韩愈"即刻上道，不容停留"。韩愈甚至来不及与京师的朋友辞行。潮州与京师长安语言不通，"远地无可语者"，他只好将家眷寄放在千余里外的韶州，相伴而行的，只有他叮嘱"收吾骨瘴江边"的侄孙韩湘。

他的朋友未曾忘记他。贾岛捎来《寄韩潮州愈》："此心曾与木兰舟，直到天南潮水头。隔岭篇章来华岳，出关书信过泷流。峰悬驿路残云断，海侵城根老树秋。一夕瘴烟风卷尽，月明初上浪西楼。"性情古怪的刘叉也赋诗《勿执古寄韩潮州》云："寸心生万路，今古梦若丝。逐逐行不尽，茫茫休者谁。来恨不可遏，去悔何足追？"但是，一句谊切苔岑的"海侵城根老树秋"，一句肝胆相照的"逐逐行不尽"，又怎能道尽韩愈的悲苦和孤寂？

梦觉灯生晕，宵残雨送凉。
如何连晓语，一半是思乡。

十四年前，韩愈被贬阳山时，曾写下《宿龙宫滩》。

夜幕四合，万籁俱寂，韩愈怀念京师，思恋亲人，他未曾想到，十四年前的诗句，似乎谶语一般卜示着他无法逃脱的未来。

二

然而，这又怎样？

浩浩复汤汤，滩声抑更扬。奔流疑激电，惊浪似浮霜——这才是韩愈！

身多疾病思田里，邑有流亡愧俸钱——这恰是韩愈的忧思与隐忍，与百姓的忧愁悲苦相比，个人的坎坷又算得了什么？四月二十五日，韩愈辗转三月余，终于抵达潮州，行程八千里，费时近百天。但是，他甫一抵潮，即理州事，芒鞋竹杖草笠蓑衣，与官吏相见，询问百姓疾苦。

元和十四年的潮州，风不调，雨不顺，灾患频仍，稼穑艰难。先是六月盛夏的"淫雨将为人灾"，韩愈祭雨乞晴。淫雨既霁，稻粟尽熟的深秋，又遭遇绵绵阴雨，致使"稻既穗矣，而雨不能熟以获也；蚕起且眠矣，而雨不得老以簇也。岁月尽矣，稻不可复种，而蚕不可以复育也；农夫桑妇，将无以应赋税、继衣食也"。过量的雨水使得韩愈焦虑不已，他为自己无力救灾而深感愧疚，

"非神之不爱人，刺史失所职也。百姓何罪，使至极也！……刺史不仁，可坐以罪；惟彼无辜，惠以福也"。炽诚竣切，跃然纸上。

此后不久，韩愈还进行了一场别开生面的祭祀鳄鱼的活动。潮州鳄鱼的残暴酷烈，韩愈途经粤北昌乐泷时，即有耳闻。但鳄害之严重，在到达潮州之后，他才真正了解，"初，愈至潮阳，既视事，询吏民疾苦，皆曰：'郡西湫水有鳄鱼……食民畜产将尽，以是民贫。'"鳄鱼之患，实则比猛虎、长蛇、封豕之害有过之而无不及。

为了解除民瘼，救百姓于水火之中，韩愈断然采取了措施："居数日，愈往视之，令判官秦济炮一豕一羊，投之湫水，祝之……"这就是"爱人驯物，施治化于八千里外"的祭鳄行动。为此，韩愈写了《祭鳄鱼文》，文字矫捷凌厉，雄健激昂。一篇檄文，数次围剿，常年困扰百姓的鳄鱼被驱逐，韩愈迅速赢得了百姓的信任。

唐代流行的潜规则是，朝廷大员被贬为地方官佐，一般都不过问当地政务。韩愈的弟子皇甫湜在《韩文公神道碑》中写道："大官谪为州县，簿不治务。先生临之，若以资迁。"鳄害如此严重，前任官员或无动于衷或束手无策，任其肆虐泛滥。韩愈却不甘老迈，恭谨谦逊，恪尽职守。《韩昌黎文集》中，共收有五篇"祭神文"，韩愈之砥砺勤勉，可见一斑。

韩愈在潮州还有修堤凿渠之举。《海阳县志·堤防》

引陈珏《修堤策》曰，北堤"筑自唐韩文公"。潮州磷溪镇有一道水渠叫金沙溪，当地传说是韩愈命人开凿的。清澈的渠水，至今仍在滋润着两岸的田畴。碧堤芳草，遏拒洪流；银渠稻海，扬波叠翠。潺潺的水声，奔涌的水流，千百年来，似乎在不断地诉说着韩愈当年奖劝农桑的功绩。

三

韩愈初抵潮州，即作《潮州刺史谢上表》。刘大櫆点校《韩昌黎文集》，评其"通篇硬语相接，雄迈无敌"。其实，居庙堂之高则忧其民，处江湖之远则忧其君——这恰是韩愈的忠贞与坦诚。偏居一隅的韩愈，勤于王室，忠于职守，不敢以州小地僻而忽之，不敢以体弱多病而怠之，其呼天、呼地、呼父母之连天悲号，皆为忠悌者之举，尽是贤达者之为。

《韩昌黎文集》还收录了《应所在典贴良人男女等状》一文。这是元和十五年十一月，韩愈从袁州调回长安任国子监祭酒时写下的，叙述他在袁州时放免男女奴婢七百三十一人，故历来史志均将释奴一事系于他任袁州刺史之时。

其实早在潮州时，韩愈已经注意到岭南"没良为奴"的陋习。唐代杜佑在《通典》中写道："五岭之南，人杂夷獠，不知礼义，以富为雄……是以汉室常罢弃之。大抵南方遐阻，人强吏懦，豪富兼并，役属贫弱，俘掠不忌，古今是同。"有唐一代，尽管较之前代已有明显的进步，奴隶问题在不同的阶段仍有不同程度的浮沉反复。当时的一个潜规则是"帅海南者，京师权要多托买南人为奴婢"。代买奴婢成为被流放官员向京师当权者献媚取宠的捷径。在这样的社会氛围中，获罪远贬的韩愈，何尝不希望京师当权者施以援手，以便早日回朝？可是他并没有以此谋取进身之阶，而是施以德政与人道，大举赎放奴婢，这恰是韩愈的刚正廉明。

韩愈不是潮州乡学的创办者，但对潮州文化教育却有不可磨灭的功绩。韩愈认为，国家治理须"以德礼为先，而辅之以政刑"，用德礼即推行儒家的"仁义"之道，"未有不由学校师弟子者"。为了办好潮州乡校，"刺史出己俸百千，以为举本，收其赢余，以供学生厨馔"。

百千之数，其值几何？唐代币制混乱，很难做出标准。据李翱著《李文公集》所载，元和末年，一斗米合五十钱，故百千可折合米两百石，数目不可谓少。如此算来，百千相当于韩愈八个多月的俸金。也就是说，韩愈把治潮八个月的俸金，全数捐给了学校。

韩愈对潮州文化的最大贡献，还在于他大胆起用当地人才，推荐地方隽彦赵德主持州学。相传赵德是唐大历十三年（778）进士，早于韩愈十四年登第。唐代登进士第者还要通过吏部主持的"博学鸿词"科考试，合格方能授官。但赵德未能顺利通过此考试，所以韩愈刺潮时，他还是一个"婆娑海水南，簸弄明月珠"的庶民。但是，赵德"心平而行高，两通诗与书"的品行学识，终于被韩愈发现，他对赵德的评价是"沉雅专静，颇通经，有文章，能知先王之道，论说且排异端而宗孔氏，可以为师矣！"于是毅然举荐他"摄海阳县尉，为衙推官，专勾当州学，督生徒，兴恺悌之风"。起用当地人才主持州学，这是一项意义重大、影响深远的决策。

树一代之新风，斯有万世之太平。苏轼因此在《潮州韩文公庙碑》中感喟不已："始潮人未知学，公命进士赵德为之师，自是潮之士皆笃于文行，延及齐民，至于今，号称易治。"

四

元和十四年，这艰辛的一年终于浩荡地行至岁末。

韩愈接到圣旨，"于其年十月二十五日准例量移袁州"。次年，韩愈以袁州刺史身份，重蒙圣宠，"为朝散大夫、守国子监祭酒，复赐金紫"。此后一年，韩愈的官职经历了五次变动：由国子监祭酒转兵部侍郎，由兵部侍郎转吏部侍郎，由吏部侍郎转京兆尹兼御史大夫，由京兆尹兼御史大夫转兵部侍郎，由兵部侍郎再转吏部侍郎。他欢喜地写道：

> 莫道官忙身老大，
> 即无年少逐春心。
> 凭君先到江头看，
> 柳色如今深未深？

韩愈一生为文工整，为诗严谨，难得有这样浪漫的心境、飘逸的诗句。接连不断的迁徙、接踵而至的任命蚀空了韩愈的身体，他哪里还有闲心闲暇去欣赏江边的柳色？壮年时韩愈便自嘲，"吾年未四十，而视茫茫，而发苍苍，而齿牙动摇"；及至中年，"苍苍者或化而为白矣，动摇者或脱而落矣"。可是，灾难又怎能击垮他的乐观和刚毅？怎能改变他舍身报国的使命与决心？任潮州刺史不足八月，农、工、学、商等皆视韩愈为"不祧之祖"，"溪石何曾恶？江山喜姓韩"。任袁州刺史七个月，韩愈"治袁州如潮"。任国子监祭酒八个月，"韩公来为祭酒，国子监不寂寞矣"。任兵部侍郎一年有余，韩愈宣抚镇州，平定内乱，"旋吟佳句还鞭马"，"风霜满面无人识"。任吏部侍郎不足一年，韩愈周旋于各种政治集团之中，仍"涉艰危，树功业"。任京兆尹兼御史大夫半年余，哀矜百姓，京城"盗贼止，遇旱，米价不敢上""禁军老奸，宿恶不摄，尽缚送狱，京理恪然"。这就是韩愈——修身、齐家、治国、平天下，一生抱负，尽付家国。

长庆四年（824），韩愈病重，卒于长安。知道自己势将远行，韩愈召群朋曰："吾不药，今将病死矣。汝详视吾手足肢体，无诳人云韩愈癫死也。"质本洁来还洁去，不教污淖陷渠沟。这就是韩愈——一生光明磊落，不愿染半点尘埃，韩愈死后被追赠礼部尚书，谥号为"文"，后世始称其为韩文公。

以元和十四年为起点，时光向后翻过二百七十三年——这是公元1092年，另一个失意文人苏东坡在不远处的扬州独自徘徊，气贯长虹的《潮州韩文公庙碑》横空出世。绝世的才情，慷慨的悲歌，雄壮的回响，两代文豪凌越三百年在潮州"相会"。"文起八代之衰，而道济天下之溺。忠犯人主之怒，而勇夺三军之帅"，苏东坡凛然发问：韩愈一介布衣，何以"匹夫而为百世师，一言而为天下法"？何以"参天地、关盛衰，浩然而独存"？

答案其实很简单——人无所不至，惟天不容伪。

有了韩愈的视民如伤，才有了百姓的风调雨顺；有了韩愈的横扫异端，才有了百姓的笃信文行；有了韩愈的知学传道，才有了百姓的耕读传家；有了韩愈的忠诚耿直、浩然正气，才有了百姓的德润古今、道行天下；有了韩愈的乐于天下、忧于天下，才有了百姓的安身立命、安居乐业；有了韩愈的精诚所至，才有了百姓的金石为开。韩愈没有把自己刻在潮州的石碑上，却留在了百姓的口碑里。

天地不言，万物生焉。感戴韩愈在潮州的所作所为，潮州百姓将此地江山以韩愈命名：韩江、韩山、韩堤、韩文公祠、景韩亭、昌黎路、祭鳄台、侍郎亭……草木如有知，能不忆韩郎？自古乐民之乐者，民亦乐其乐；忧民之忧者，民亦忧其忧。信夫，诚哉！

谁也未曾料想，一个卑微行者捧出的虔诚心肠，在此后的一千二百年，紧贴着大地，散播成中华民族的气度和风骨：

——沿着这道浩浩汤汤的历史文脉，走来了白居易、李商隐、柳宗元、刘禹锡、杜牧，走来了范仲淹、黄庭坚、欧阳修、文天祥、杨万里、归有光、顾炎武、朱彝尊、黄宗羲、林则徐……这是中华民族千百年来的文化理想，也是中华民族千百年来的家国诗篇。

——沿着这道枝繁叶茂的历史文脉，与韩愈一起沉吟低回的，是"些小吾曹州县吏，一枝一叶总关情"的忧患，是"从来治国者，宁不忘渔樵"的叮咛，是"稳暖皆如我，天下无寒人"的祝愿，是"我亦曾糜太仓粟，夜闻邪许泪滂沱"的相许相知，是"苟利国家生死以，岂因祸福避趋之"的披肝沥胆，是"但令四海歌声平，我在甘州贫亦乐"的祈求和冀望。

——沿着这道光明朗照的历史文脉，曾经生长过灾难、战争、荒蛮、杀戮，重要的是，还繁衍着富庶、光辉、璀璨、梦想。

　　元和十四年，韩愈于潮州还曾亲手栽植橡木。而今，这些橡木已蓊郁成林，环绕韩文公祠，状如华盖，遮天蔽日。此树含苞不易，着花更难，时或春夏之交偶放一枝，熊熊若火莲，肃穆端庄，异常美丽。

重经昭陵

〔唐〕杜　甫

草昧英雄起，讴歌历数归。

风尘三尺剑，社稷一戎衣。

翼亮贞文德，丕承戢武威。

圣图天广大，宗祀日光辉。

陵寝盘空曲，熊罴守翠微。

再窥松柏路，还见五云飞。

千古斯文道场

——稷下学宫的流与变

"稷下"之名，始见于《史记》。

"稷"，在中国浩瀚的史籍中，是一个有着特殊分量的概念。"稷"，也叫"后稷"，是周族始祖，因善种粮食，"稷"被尊为农神或谷神，在我国古代享有崇高的地位。"社稷"一词的意思，就是古代帝王、诸侯所祭的土神和谷神，古时亦用作国家的代称。

方志记载，中国历史上共有三处以"后稷"的"稷"为名的"稷山"，一处位于山西省稷山县南，一处位于浙江省绍兴市，还有一处，位于山东省淄博市临淄区西南。临淄稷山，是临淄与青州市的界山，山阴为临淄，山阳为青州。山上旧有后稷祠，海拔虽仅一百七十一米，但影响巨大。齐国古称稷下，齐古城有"稷门"，皆因此山而起。

因稷门而名的稷下学宫，顺应战国时代变

法改革的历史潮流而产生。

创立于两千三百年前的稷下学宫，是中国也是世界上最古老的学院之一，它兼具国家元首智囊团、政府议政院、国家科学院和研究所这三者功能之总和，是中国历史上最早的具有国家智库意义的机构。这所学院前后历六代，影响遍及列国，规模之大、聚集人才之多，在当时应属世界第一。

在这个自由、开放、包容的稷下学宫，形形色色的门派、五花八门的思潮，从四面八方汇集交聚，稷下学宫的知识分子们各抒己见，形成了百家争鸣的景象，造就了人类文化政治景观的一座高峰。

——题记

两千多年前的春秋战国，是中国历史上的一段大分裂时期。然而，正是在这时代的动荡与纷争、思想的争鸣和交锋中，出现了中国历史上学术极为活跃的黄金时代。

历时五百余年的春秋战国时代，是中华古代文明逐渐递嬗为中世纪文明的过渡地带。极大的开放、极大的变革、极大的流转，使中国的思想呈现了百家争鸣、异彩纷呈的局面，各阶级、各阶层、各流派，都企图按照自己的利益诉求，对宇宙社会和万事万物做出解释，提出主张。他们著书立说，广收门徒，高谈阔论，彼此诘难，在睿智的想象中相互争锋，在深沉的阐述中相互砥砺，在慷慨的激辩中相互增长。这是人类思想史真正的黄金时代，它宛如簇簇晨星，闪烁着智慧的光芒，又似道道曙光，为学术思想带来了蓬勃灿烂的景象。

这个黄金时代，有着无数振聋发聩的奏鸣，其中绵延后世、回响不绝的一道，是稷下学宫。"齐王乐五帝之遗风，嘉三王之茂烈；致千里之奇士，总百家之伟说。"一千四百年后，北宋政治家、文学家司马光在《稷下赋》中，如此深情地讴歌。稷下学宫，不仅是我国历史上，也是世界历史上第一所由官方举办、私家主持的特殊形式的高等学府。纵使惜墨如金的司马光，也不吝啬用最美的语言盛赞这座宫殿"筑锯馆，临康衢，盛处士之游，壮学者之居"，感慨"美矣哉"！

诚哉斯言。

在中华民族的文明征程上，这一段历史格外波澜壮阔，底蕴深厚，它承载着中华民族童年的梦想和期盼。

时隔两千三百余年，回望历史的深处，抚摸岁月的肌理，在流沙坠简似的时间长廊，我们有必要停下脚步追问——这一段历史究竟为我们的民族带来了怎样的启蒙、怎样的开篇？

是的，大地证明了一切。

浑厚丰饶的大地，如一道无解的谜题，在某一天缓缓地包藏了它的秘密，又在某一天，断然将这些秘密舒展开来。

1943 年，一场饶有趣味的考古正在临淄进行，一块刻有"稷下"二字的明代石碑在这里得见天日，一同出土的还有不少战国时期的瓦当、石砖。

历史像个顽皮的孩子，有时，刻意与你擦肩而过，有时，又假装与你狭路相逢。这一刻，这个顽皮的孩子欢欣地跑过来，捧出他珍藏已久的宝物。齐都遗址出土的这方"稷下"石碑，是历史留给未来的宝物，透过它，我们隐约可见时光的地标，恍惚听到远祖的召唤；透过它，尘封已久的稷下学宫的秘密终于大白天下。

"稷下"之名，始见于《史记》。

"稷"，在中国浩瀚的史籍中，是一个有着特殊分量的概念。"稷"，也叫"后稷"，是周族始祖，因善种粮食，"稷"被尊为农神或谷神，在我国古代享有崇高的地位。"社稷"一词的意思，就是古代帝王、诸侯所祭的土神和谷神，古时亦用作国家的代称。

方志记载，中国历史上共有三处以"后稷"的"稷"为名的"稷山"，一处位于山西省稷山县南，一处位于浙江省绍兴市，还有一处，位于山东省淄博市临淄区西南。临淄稷山，是临淄与青州市的界山，山阴为临淄，山阳为青州。山上旧有后稷祠，山的海拔虽仅一百七十一米，但影响巨大。齐国古称稷下，齐古城有"稷门"，皆因此山而起。

因稷门而名的稷下学宫，顺应战国时代变法改革的历史潮流而产生。

生命充满了无数的偶然，但是，无数偶然的背后，一定有着一个巨大的必然。它常常被我们忽视，却所向披靡，无往而不胜。

这一天，"必然"化作一个叫作"田午"的少年，御风而来。

关于齐桓公田午的故事很多，最为众所周知的是"扁鹊见齐桓公"。在位十八年的齐桓公明明有病却不肯承认，神医扁鹊三次劝诊，他却将扁鹊拒之门外，结果一命呜呼。齐桓公的名字随"讳疾忌医""病入膏肓"两个成语而被贻笑至今。

传说的昏庸断不能遮蔽历史的伟大。公元前376年，作为田氏取代姜族、夺取齐国政权后的第三代国君，齐桓公田午面临着新生政权有待巩固、人才匮乏的现实。于是，他继承齐国尊贤纳士的优良传统，在国都临淄的稷门附近建起了一座巍峨的学宫，广招文学游说之士讲学议论。"稷下学宫"由此而生，成为各学派活动的中心，后世亦称"稷下之学"。

两千多年前的春秋战国时代，中华民族尚在文明的早期，天地清新，万物勤勉，人们日出而作，日落而息，凿井而饮，耕田而食，一派灿烂景象。

——这是最后的青铜器时代，以铁器和牛耕为标志的革命带来封建制度的确立，也造就了社会经济的繁荣。

——这是璀璨的楚辞和《南华经》的时代：庄骚两灵鬼，盘踞肝肠深；秋心如海复如潮，但有秋魂不可招。童年时期的中华文化，已经完成了人类思想的一次重大突破。

——这是中国文明最波澜壮阔的时代，奉献了瑰丽的诗篇、科学的节气和对这个星球上自然万物的神奇想象。

——这也是中国政治最波诡云谲的时代，从陈完逃齐，到公元前386年周安王同意田和的请求封其为诸侯王，时间的大书已经翻过了二百八十六年的漫长岁月，这个曾被放逐于海岛之上"食一城，以奉其先祀"的弱小部落，已经等待得太久太久了。

历史必然常常以偶然的方式出现，历史偶然的集束却未必表现为必然。田氏代姜之后，严惩贪赃行贿，重奖勤政变革，齐国出现了空前的富庶。《战国策·齐策》引苏秦的话说："齐地方二千余里，带甲数十万，粟如丘山……临淄甚富而实，其民无不吹竽鼓瑟，击筑弹琴，斗鸡走狗，六博蹹鞠者。临淄之途，车毂击，人肩摩，连衽成帷，举袂成幕，挥汗成雨，家殷人足，志高气扬。"

　　这是齐国的戏场，也是历史的域场。那一刻的齐国，韬光养晦，休养生息，真的是风流倜傥仪态万方啊。齐国，这个能干的巧妇，将自己结成了一张四通八达的大网——

　　这里，有从临淄直达荣成、横贯全国的东西通衢，有临淄西经平陵、南出阳关而达兖州的要道，有临淄东经即墨而达诸城、日照从而与吴、越交往的大街道，有临淄经济南、平原达赵、卫的交通干道，有从临淄南出穆陵关而达沂南与楚相接的枢纽……隐蔽在这些大路心腹之侧，还有数不清的羊肠小路。在哀鸿遍野、内忧外患的古神州，孟子、荀子、邹子、慎子、申子……一个又一个行者——或风尘仆仆，或筚路蓝缕——沿着这些小路坚定地走进令人向往的稷下学宫，走进天下读书人的梦中家园。

　　而这座高头大殿，坐落在稷山之侧，更矗立在天下人的心中。它，像一个勤勉的君王，夙夜在公，朝乾夕惕；像一个健硕的武士，气宇轩昂，威风凛凛；像一个从容的智者，成竹在胸，乾坤澄澈。

　　东汉末年"建安七子"之一的徐干在他的《中论·亡国》中云："昔齐桓公立稷下学宫，设大夫之号，招致贤人而尊崇之。"汉代刘向《别录》云："齐有稷门，齐之城西门也。外有学堂，即齐宣王所立学宫也。故称为稷下之学。"

公元前 319 年，齐宣王即位。宣王在位期间，借助强大的经济军事实力，一心想称霸中原，完成统一中国的大业。为此，他像其父辈那样大办稷下学宫。他给稷下先生们极高的政治地位和礼遇。这些人参与国事，可以用任何形式匡正国君及官吏的过失。他还为他们修康庄大道，建高门大屋，给予很高的俸禄和优厚的物质待遇。号称"稷下之冠"的淳于髡有功于齐，贵列上卿，赐之千金，革车百乘；孟子被列为客卿，出门时"后车数十乘，从者数百人"；田骈"訾养千钟，徒百人"。

史料记载，齐宣王经常向稷下先生们征询对国家大事的意见和看法，并让他们参与外交活动，以及典章制度的制定。据考证，《王度记》就是淳于髡等人为齐宣王所拟定的齐国统一天下后的具体制度和措施。

这样一来，稷下学者们参政议政的意识空前强烈，学术研究的自主性、创造性和积极性异常高涨，出现了"致千里之奇士，总百家之伟说"的盛况。齐宣王时期的稷下学宫，其规模之大，人数之众，学派之多，争鸣之盛，都达到了稷下学宫发展史上的巅峰。南朝梁刘勰《文心雕龙·时序》赞叹："故稷下扇其清风，兰陵郁其茂俗。"

此时，稷下学宫已经具备了相当的规模和影响。《史记·田敬仲完世家》云："宣王喜文学游说之士，自如邹衍、淳于髡、田骈、接予、慎到、环渊之徒七十六人，皆赐列第为上大夫，不治而议论。是以齐稷下学士复盛，且数百千人。"

一时间，战国学术，皆出于齐。

在春秋战国那样一个诸侯割据，长期分裂动荡的时代，稷下设于一国之中而历一百五十年之久，不能不说是中国文明史上的奇迹。

齐闵王前期，稷下学士一度达数万人。但到了齐闵王后期，由于其穷兵黩武，好大喜功，诸多稷下先生极力劝谏，均遭拒绝，因而纷纷离齐而去，稷下学宫出现了自建立以来从未有过的冷清萧条。后来，燕国将领乐毅攻入临淄，齐闵王逃至莒地，后被杀身亡。稷下学宫也惨遭浩劫，被迫停办。齐襄王复国后，采取措施恢复稷下学宫，但由于当时齐国已元气大伤，即使荀子复归稷下学宫，并三次担任稷下学宫的祭酒，稷下学宫再不复当年盛况。襄王死后，齐王建继位，但权力由其母执掌。由于当时齐国国势渐衰，政局混乱，虽然稷下学宫存在了一段时间，但已毫无生气。公元前221年，齐国为秦所灭，稷下学宫随之消亡。

二

稷下多谈士，指彼决吾疑。

恰如东晋陶潜在《拟古》诗中所写，稷下学宫在先秦时期的文化史上，占有着十分显著的地位，是各种文化思想理论学说汇聚、碰撞、交流、融合的地方。

田氏代姜，毋庸置疑的是，六百年的姜氏齐国有着深厚的文化积淀。西周之初，封师尚父姜尚于齐，封周公旦于鲁。齐鲁毗邻，但其思想体系大有不同。传说周公封鲁，伯禽至鲁三年，才报政周公。周公问："何迟也？"伯禽曰："变其俗，革其利，丧三年然后除之，故迟。"而太公封齐，五月报政。周公问："何疾也？"太公曰："吾简其君臣礼，从其俗为也。"毫无疑问，姜尚的见地恰在于此，他因地制宜，移风易俗，没有简单地将西周王朝那一套烦琐的礼仪搬到齐国，而是"引其俗，简其礼，通工商之业，便鱼盐之利"，迅速得到了百姓的拥护，"人民多归齐，齐为大国"。

如此这般的君王，如此这般的传统，如此这般的氛围，不难理解何以孔子向齐景公提出"君君，臣臣，父父，子子"时，遭到相国晏婴的强烈反对："今孔子盛容饰，繁登降之礼，趋详之节，累世不能殚其学，当年不能究其礼，君欲用之以移齐俗，非所以先细民也。"（《史记·孔子世家》）

思想的活跃，创造了稷下学宫的仪轨，打造了百家争鸣的舞台，营造了文化包容的氛围，形成了思想多元的格局。在这里，没有违心之说，没有一言之堂，没有文字狱，没有学术不端，不为权威者所垄断，不为善辩者所左右，诸子百家言论自由，畅所欲言；学术自由，著书立说。稷下学宫，一个东方的文化王国，一片东方的文化净土，中国知识分子的天堂。

这是一份长长的名单：稷下学宫在其兴盛时期，曾容纳了当时"诸子百家"中的几乎各个学派，儒家、法家、道家、墨家、名家、兵家、农家、阴阳家、纵横家、小说家……汇集了天下贤士多达千人，其中著名的学者如孟子（孟轲）、淳于髡、邹子（邹衍）、田骈、慎子（慎到）、申子（申不害）、接子、季真、涓子（环渊）、彭蒙、尹文子（尹文）、田巴、儿说、鲁连子（鲁仲连）、驺子（驺奭）、荀子（荀况）……

我们不难想象，在时间的深处，有这样一群人轰轰烈烈，衔命而出，他们用自己的智慧、立场、观点、方法，去观察，去思索，去判断，他们带来了人类文明的道道霞光，点燃了激情岁月的想象和期盼。当时，凡到稷下学宫的文人学者、知识分子，无论其学术派别、思想观点、政治倾向，以及国别、年龄、资历等如何，都可以自由发表自己的学术见解，从而使稷下学宫成为当时各学派荟萃的中心。这些学者们互相争辩、诘难、吸收，成为真正体现春秋战国"百家争鸣"的典型。

当彼之时，他们的心中，有着伟大的信念：家国！社稷！天下！

稷下学宫荟萃了天下名流。稷下先生并非走马兰台，你方唱罢我登场，争鸣一番，批评一通，绝大多数先生学者耐得住寂寞，忍得住凄凉，静心整理各家的言论。他们在稷山之侧，合力书写这本叫作"社稷"的大书。

蔚为壮观的稷下学宫，既有别于后世的各大书院为避都市纷扰而退居江湖之远；也不同于国子监为王子公孙独辟而跻身皇城之内。稷下学宫建在了齐都临淄的稷门之外、城隍脚下，仰可接天命，俯可接地气，既方便了稷下先生披星戴月地出入学宫，也避免了皇城守卫的诸多限制；稷下学宫临街而建，学宫外通达顺畅，车水马龙，人头攒动，学宫内却是另一番情景，真的有处喧见寂之趣；巍峨的牌楼，阔达的堂舍，果真是"大庇天下智士俱欢颜"。

战国时期，诸侯割据，稷下之学缘何得以最终在齐国昌盛？历史的答案是：天时，地利，人和。

秦国虽然最后兼并六国一统天下，但是在相当长的时间内，文化落后，思想保守，机制迂腐，假如没有公元前361年秦孝公重用商鞅实行变法，秦国绝无成为大国之可能，更无力成为文化的中心。楚国国土最大，人口最多，然而长时间的文化交流却使得巫文化融入中华文化，尽管一度出现屈原、宋玉等等文学翘楚，但是秦楚接壤，战争频仍，又缺乏相应的机构平台，学者难以云集。燕国更为弱小，又经常被山戎所掠，只是到了燕昭王时招募贤士，得乐毅，出兵破齐，国力才逐渐强大，然而，贤良者寡，国家终无所依傍。韩国屡迁京都，山地多，平原少，物产贫乏，人口稀疏，文化落后，发展乏力。赵国濒临齐国，且与匈奴为界，战乱频繁，局势动荡。魏国一度强盛，尽管有魏文侯短暂的中兴，但是经历桂陵、马陵之战，国力衰颓，一蹶不振。

从兴办到终结，稷下学宫约历一百五十年，对于寻聘和自来的各路学者，稷下学宫始终保持着清晰的学术评估标准，即根据学问、资历和成就分别授予"客卿""上大夫""列大夫"以及"稷下先生""稷下学士"等不同称号，而且已有"博士"和"学士"之分。这就使学宫在纷乱熙攘之中，维系住了基本的学术秩序，创造了众多的世界纪录——学者最多的机构，著述最丰的学术，学风最淳的时代，历时最久的学院。

将文化建设上升为国家战略，在中国历史上，这是第一次。

"自如邹衍、淳于髡、田骈、接子、慎到、环渊之徒七十六人，皆赐列第为上大夫，不治而议论。"战国时期，各国对先生学者都以"士"相待，然而齐国却赐为"上大夫"。一代宗师孟子去鲁居齐三十载，"得天下英才而教育之"；诸子的集大成者荀子离赵赴齐，"最为老师"，"三为祭酒"。格外的尊崇，无上的地位，炫目的光环，引来了四方游士、各国学者慕名而来，以至稷下先生在鼎盛之时多达千余人，而稷下学士有"数百千人"。尊师真正使齐国人才济济，形成了东方的文化王国。

《孟子荀卿列传》中说："邹衍睹有国者益淫侈，不能尚德，若《大雅》整之于身，施及黎庶矣。乃深观阴阳消息而作怪迂之变，《终始》《大圣》之篇十余万言。"又说："慎到，赵人；田骈、接子，齐人；环渊，楚人。皆学黄老道德之术，因发明序其指意。故慎到著十二论，环渊著上下篇，而田骈、接子皆有所论焉。"根据《汉书·艺文志》的统计，稷下先生们的著述计有：《孙卿子》三十三篇，《蜎（环）子》十三篇，《田子》二十五篇，《捷（接）子》二篇，《邹子》四十九篇，《邹子终始》五十六篇，《邹奭子》十二篇，《慎子》四十二篇，《尹文子》一篇，《宋子》十八篇。因为相隔时代久远，《汉书》中的统计肯定已经是不完全的了，尚有如此之多，亦可见出稷下先生学术理论著作之丰。

孟子就曾两次来到齐国，并被齐宣王加封为卿，后来他感到自己的主张没有得到重视，决意离开，齐宣王还派人挽留，道："我欲中国而授孟子室，养弟子以万钟，使诸大夫国人皆有所矜式。"（《孟子·公孙丑下》）生当战国末期的荀子也是后来才加入稷下学宫的，《孟子荀卿列传》云："荀卿，赵人，年十五始来游学于齐。驺衍之术迂大而闳辩；奭也文具难施；淳于髡久处，时有得善言。……田骈之属皆已死齐襄王时，而荀卿最为老师，齐尚修列大夫之缺，而荀卿三为祭酒焉。"荀卿"年十五始来游学于齐"，大概是做学生，此后"最为老师""三为祭酒"，成了大师级的学者。就是这样，不同的学说及其流派汇聚到稷下学宫，自然会形成碰撞、交流、争辩、融合的局面。有资料经过分析归纳，确认他们在诸如"义、利""天、人""王、霸""性善、性恶""形、名"等等许多重大问题上都发生过辩论和沟通。从诸子留下的著作中看，儒家的孟子曾经"辟杨墨"，对道、墨两家进行伦理批评；墨家的墨子曾在《非儒》等篇中论列儒家所谓"亲亲有术"的荒谬；道家的庄子曾在《天下篇》等篇章中历数各个学派的得失；荀子更是在《非十二子》等篇中指斥了道、墨、法、兵等等诸家乃至"俗儒""贱儒"们的种种不足。可以说，正是这样的交流、辩论，促进了各种文化的融合，也推动了齐鲁文化的形成和发展。

稷下学宫是东方文化的千古绝响，开启了中华文化的源流。对此，司马光在《稷下赋》发出如此感叹：

致千里之奇士，总百家之伟说。

三

战国时期，齐国有一个著名的怪才叫作淳于髡，《史记·孟子荀卿列传》云："淳于髡，齐人也。博闻强记，学无所主。其谏说，慕晏婴之为人也，然而承意观色为务。"《史记·滑稽列传》记载："淳于髡者，齐之赘婿也，长不满七尺，滑稽多辩。数使诸侯，未尝屈辱。"

"髡"是先秦时期的一种刑罚，指剃掉头顶周围的头发，是对人的侮辱性的惩罚。"赘婿"则源自春秋时齐国的风俗。当时齐国风俗认为，家中的长女不能出嫁，要在家里主持祭祀，否则不利于家运。这些在家主持祭祀的长女，被称作"巫儿"，巫儿要结婚，只好招婿入门，于是就有了"赘婿"。淳于髡以"髡"为名，又是"赘婿"，可见其社会地位并不高。

出身卑贱的"赘婿"淳于髡尽管身材矮小、其貌不伟，然而，却得到了齐国几代君主的尊崇和器重，他博学多才，能言善辩，或讽谏齐王，或出使邻国，或举荐举士，或折冲樽俎，奉行"不治而议论"（《史记·田敬仲完列传》），"不任职而论国事"（《盐铁论·论儒》）的政治法则。

司马迁在《史记》里不止一处写到淳于髡，足见他是齐国不容忽视的人物。比如这则淳于髡劝谏齐威王：

> 齐威王之时，喜隐，好为淫乐长夜之饮，沉湎不治，委政卿大夫。百官荒乱，诸侯并侵，国且危亡，在于旦暮。左右莫敢谏。淳于髡说

之以隐曰："国中有大鸟，止王之庭，三年不蜚又不鸣，王知此鸟何也?"王曰："此鸟不飞则已，一飞冲天；不鸣则已，一鸣惊人。"于是乃朝诸县令长七十二人，赏一人，诛一人，奋兵而出。诸侯振惊，皆还齐侵地。威行三十六年。

齐威王在位时，喜好说隐语，又好彻夜宴饮，逸乐无度，陶醉于饮酒之中，不管政事，把政事委托给卿大夫。文武百官荒淫放纵，各国来犯，国家存亡在旦夕之间。齐王身边近臣无一敢进谏。淳于髡用隐语来规劝讽谏齐威王，于是历史上留下了下面这场精彩的对话：

——"都城中有只大鸟，落在了大王的庭院里，三年不飞又不叫，大王知道这只鸟是怎么一回事吗?"

——"这只鸟不飞则已，一飞就直冲云霄；不叫则已，一叫就使人惊异。"

这真是一场有趣的对话啊！自古至今，将君王比作鸟的，恐怕独此一份吧。

然而，更有趣的是，齐威王这只大鸟听闻此言，决心一鸣惊人。他迅速诏令全国七十二个县的长官全部入朝奏事，接着，烹杀阿大夫，赏赐即墨大夫，"于是齐国震惧，人人不敢饰非，务尽其诚"。又发兵御敌，诸侯十分惊恐，纷纷将侵占的土地归还齐国。齐国的声威竟维持长达三十六年。而这，归功于淳于髡的一席谈话。这是淳于髡在历史资料中的第一次出现。

《战国策》中也记载了许多有趣的故事，其中不少关于淳于髡。比如《齐策》中的这则：

> 齐欲伐魏。淳于髡谓齐王曰："韩子庐者，天下之疾犬也。东郭逡者，海内之狡兔也。韩子卢逐东郭逡，环山者三，腾山者五，兔极于前，犬废于后，犬兔俱罢，各死其处。田父见之，无劳倦之苦，而擅其功。今齐、魏久相持，以顿其兵，弊其众，臣恐强秦大楚承其后，有田父之功。"齐王惧，谢将休士也。

淳于髡像一把丑陋的巨剑，时而低伏匣中，时而扬眉出鞘。这一次，他又怒剑出鞘。这个丑八怪指点江山，臧否人物。他对齐王说，这个韩子卢，是天下跑得最快的狗，东郭逡，则是世上数得着的狡兔。韩子卢追逐东郭逡，接连环山追了三圈，翻山跑了五趟，前面的兔子筋疲力尽，后面的狗也筋疲力尽，大家都跑不动了，各自倒在地上活活累死。有个老农夫看到了，不费吹灰之力捡走了它们。与此相同，要是齐、魏两国相持不下，双方士兵百姓都疲惫不堪，臣担忧秦、楚两个强敌会抄我们后路，以博取农夫之利。

齐王正欲伐魏，听到淳于髡的分析很是害怕，于是下令休养将士，不再出兵。

到底是谁，给了这个聪明的丑八怪无上的权力？是政治的角逐，是国家的利益，是自由的氛围，是君王的需要，一言以蔽之，是稷下学宫。

智者，是国家的财富，也是历史的幸运。淳于髡用一个浅显的寓言，讲明了一个复杂深刻的道理，不论是"鹬蚌相争，渔翁得利"，还是"犬兔相争，农夫得利"，战争的本质就是消耗对手，保存自己。作为稷下学宫中最具有影响的学者之一，淳于髡长期活跃在齐国的政治和学术领域，对齐国新兴封建制度的巩固和发展，对齐国的振兴与强盛，对齐威王、齐宣王之际稷下之学的发展，做出了重要的贡献。

不难理解，何以司马迁在《史记·孟子荀卿列传》中感慨："自邹衍与齐之稷下先生，如淳于髡、慎到、环渊、接子、田骈、驺奭之徒，各著书言治乱之事，以干世主，岂可胜道哉!"稷下先生著书立说，其主要目的不仅在于上说下教，更在于"不治而议论"，"以干世主"。

淳于髡的政治智慧和文化判断，来源于稷下学宫的自由包容、畅所欲言。有时候，稷下先生的言辞甚至相当尖刻，如《战国策》：

先生王斗造门而欲见齐宣王。……王斗曰："昔先君桓公所好者，九合诸侯，一匡天下，天子受籍，立为大伯。今王有四焉。"宣王说，曰："寡人愚陋，守齐国，惟恐失抎之，焉能有四焉？"王斗曰："否。先君好马，王亦好马。先君好狗，王亦好狗。先君好酒，王亦好酒。先君好色，王亦好色。先君好士，是王不好士。"宣王曰："当今之世无士，寡人何好？"王斗曰："世无骐骥騄耳，王驷已备矣。世无东郭逡、卢氏之狗，王之走狗已具矣。世无毛嫱、西施，王宫已充矣。王亦不好士也，何患无士？"王曰："寡人忧国爱民，固愿得士以治之。"王斗曰："王之忧国爱民，不若王爱尺縠也。"王曰："何谓也？"王斗曰："王使人为冠，不使左右便辟而使工者，何也？为能之也。今王治齐，非左右便辟无使也，臣故曰不如爱尺縠也。"宣王谢曰："寡人有罪国家。"于是举士五人任官，齐国大治。

如果你没有听到过深海的咆哮，如果你没有听到过远古的呼啸，如果你没有在史籍的夹缝里看到过累累白骨、血流漂杵，你不会明白在这个时代人类智慧的分量。这是中华民族的童年时代，也是中华文明的源头时代。

历时五百余年的春秋战国，诸侯割据，礼教崩殂，周天子的权威逐渐坠落，世袭、世卿、世禄的礼乐制度渐次瓦解，各国诸侯假"仁义"之名竞相争霸，卿大夫之间互相倾轧。

然而，恰恰是在这样的大动荡、大分裂中，中国最早的一批知识分子——稷下先生——集聚在稷下学宫，为国家社会现实和未来发展进行积极、认真、深刻的思考，他们完成了学术研究制度的革新——有组织、有聘任、有俸禄，更带来了思想文化的丰富。至此，以齐国为中心，中国文化第一次实现了各派并立、平等共存、百家争鸣、学术自由、求实务治、经世致用的伟大愿景。

四

在 1949 年出版的《历史的起源和目标》中，雅斯贝尔斯提出了一个重大的命题："轴心时代"。他将影响了人类文明走向的公元前 800 年至公元前 200 年定义为"轴心时代"，

这是一件有趣的事。在人类童年天真未凿、草莽混沌的早期，尽管地域分散、信息隔绝，在文明的起源地，人们不约而同地选择了用理智和道德的方式来面对世界。理智和道德的心灵需求催生了宗教，从而实现了对原始文化的超越和突破，最后形成今天西方、印度、中国、

伊斯兰不同的文化形态，它们像春笋一样，鲜活，蓬勃，拔节向上，生生不息。

在这个时代的中国文明，稷下学宫是这个硕大棋局上的重要的一步。

"奋髯横议，投袂高谈，下论孔墨，上述羲炎"，司马光在《稷下赋》中写道。小自一个民族，大至一个国家，唯有知识分子的清醒判断，方有执政者的清醒判断，唯有执政者的清醒判断，方有国家的长治久安。这是稷下学宫给予知识分子的地位，更是这个国家给予知识的庄严与荣耀。

稷下学宫，不是一时之力，不是一时之功，而是文明积淀、文化创造的惯性使然。梁启超在《论中国学术思想变迁之大势》一文中曾满怀激情地描述战国百家争鸣的情状说："孔北老南，对垒互峙，九流十家，继轨并作。如春雷一声，万绿齐苗于广野，如火山炸裂，热石竞飞于天外。壮哉盛哉！非特中华学界之大观，抑亦世界学史之伟迹也。"

颇为有趣的是，公元前 385 年，几乎就在稷下学宫轰轰烈烈将春秋战国文化带入黄金时代的同时，在遥远的希腊的爱琴海边，还有一个与稷下学宫相类的学院——雅典学院，希腊雅典城邦为了培训民主制度下的演说家而开设了这家学院，学院的创办者柏拉图特地在学园门楣上铭刻了"不习几何者不得入内"这一警句。

雅典学院前后延续将近千年之久，造就了西方科学、哲学、逻辑的辉煌。

在东方与西方两大文明的中心，稷下学宫与雅典学院遥相辉映。

沿着西方文明的脉络，我们有了毕达哥达斯的数学传统、几何图形的智慧训练，有了苏格拉底、柏拉图、亚里士多德的哲学体系，有了关于共和国、优生学、自由恋爱、妇女解放、计划生育、道德规范、财产问题、公有制等的基础建设和逻辑讨论——正是这些，建立了西方古代文明的基本概念，也成为西方现代文明的雏形。

沿着东方文明的脉络，我们有了"以有刑至无刑"的法制观念，"无为而无不为"的道学理想，金、木、水、火、土的阴阳学说，"大道无形，称器有名"的形名之辩，"人之性恶，其善者伪也"的政治理论，"情欲固寡"的社会主张，"强兵"必先"富国"的军事哲学，"天行有常，不为尧存，不为桀亡"的伦理法则……正是这些，直接或间接地影响了战国以后的许多学派，是中国思想文化发展源头，形成了中国现代文化的核心内容。

前空往劫，后绝来尘。

梁启超用八个字来概括稷下学宫这个"历史绝唱"。

五

公元前 221 年，齐国发生了一件大事。

秦王在灭亡韩国、赵国、魏国、楚国、燕国五个国家之后，这一次，虎视眈眈地瞄准了最后的对手——齐国。

四十四年前，齐襄王逝世。其子田建即位，由母亲君王后辅政。又过了十六年，君王后去世，王后的族弟后胜执政。然而，后胜为人贪婪，在秦国不断贿赂之下，齐王建听信了后胜的主张，对内疏于戒备，对外袖手旁观，听任秦国攻灭五国。

终于到了这一天——五个国家灰飞烟灭。唇亡齿寒，物伤其类，齐王才顿感秦国的威胁。他慌忙将军队集结到西部边境，准备抵御秦军的进攻。

然而，大军压境，一切都晚了。

战争的借口似乎也很荒唐。秦国曾派使者访齐，遭遇齐国拒绝。秦王想起了许久以前的旧事，哈哈，果然是奇耻大辱，不出兵如何赢得尊严！于是，他命令大将王贲率领秦军伐齐。狡猾的王贲避开了齐军西部主力，由原来的燕国南部南下直奔齐都临淄。面对秦军突然从北面来攻，养尊处优的齐军措手不及，顷刻之间土崩瓦解。

齐王建出城投降，齐国灭。

一场血流成河的战役，被压扁成《史记》中的一句话："秦王政二十六年（前221），王贲率军南下攻打齐国，齐王建不战而降，齐亡。"

"秦王扫六合，虎视何雄哉！"

威风凛凛的秦始皇以所向披靡的力量扫灭山东六国，南平北越，北遏匈奴，建立中国历史上第一个统一的、多民族的、专制主义中央集权制国家——秦王朝。随后，在齐地设置齐郡和琅邪郡。稷下学宫，经历了齐桓公时期的萌芽、齐威王时期的壮大、齐宣王时期的鼎盛、齐愍王的衰落、齐襄王的再度中兴，至齐王建时，与国并亡。百家争鸣，这个学术思想自由争鸣的盛世，亦不复存在。

《管子·兵法》说："明一者皇，察道者帝。通德者王，谋得兵胜者霸。"通过王的威仪、霸的手段，秦始皇将皇、帝两个字联系起来，自称"皇帝"。皇、帝、王、霸合而为一，这是秦始皇的发明，也是中国历史的第一次。与此同时，"圣"亦不再是"士"的荣耀，而是皇帝的特权。天下至圣、至王、至明、至霸、至察者，唯皇帝一人而已。

历史的威严之中，似乎总有一些戏谑的星星之火，等待燎原。

在帝王称谓的背后，其实是中国历史上最大规模的集权行动，是帝王观念、帝王地位、帝王等级的实现。

"皇帝"称号代表着皇帝更暗含着帝王与百姓之间微妙的关系。丞相王绾、李斯等上疏称颂秦始皇为"千古一帝"："今陛下兴义兵，诛残贼，平定天下，海内为郡县，法令由一统，自上古以来未尝有，五帝所不及。"（《史记·秦始皇本纪》）为宣示对天下的主宰，秦始皇还在琅琊石刻中宣布："六合之内，皇帝之土。""人迹所至，无不臣者。"（《史记·秦始皇本纪》）

值得思考的是，何以固若金汤的大秦帝国仅仅存在十五个年头，便被人民反抗的怒火烧毁？

"灭六国者六国也，非秦也；族秦者秦也，非天下也。"在《阿房宫赋》中，杜牧悠悠长叹，"使六国各爱其人，则足以拒秦；使秦复爱六国之人，则递三世可至万世而为君，谁得而族灭也？"

极欲、重罚，以法为教、以吏为师，是秦始皇统一天下、诏令一统，以抵至尊至贵、无上荣光的前提。事实却并非如此简单，为了巩固大一统的封建帝国，秦始皇颁布"车同轨，书同文"的制度，丞相李斯暗暗揣测秦始皇的心意，一方面指责"愚儒"根本不理解秦始皇的"创大业，建万世之功"的宏伟志向，一方面提出如果允许诸生议论，定会"主势降乎上，党与成乎下"，对无上的皇权构成威胁，他怂恿秦始皇下令焚书：

> 史官非秦记皆烧之。非博士官所职，天下敢有藏《诗》、《书》、百家语者，悉诣守、尉杂烧之。有敢偶语《诗》《书》者弃市。以古非今者族。吏见知不举者与同罪。令下三十日不烧，黥为城旦。所不去者，医药卜筮种树之书。（《史记·秦始皇本纪》）

如此建议，正中秦始皇下怀，秦始皇即刻同意，令行全国。

呜呼哉！顷刻之间，六国史料付之一炬，幸免于难的残篇断简已无力连缀浩荡的历史。焚书没有达到预期的目的，于是第二年，秦始皇又借故搞了一场坑儒，"士"从封建制度最末的一级，经历稷下学宫、百家争鸣的辉煌，复又跌落在社会的最底层。接下来的，是汉武帝的"罢黜百家，独尊儒术"，学术自由从此被扼杀，学术争鸣和社会发展随之停滞。

焚书坑儒是中国历史上最黑暗的一页。焚书的目的，在于打击学术争鸣，窒息理论思维；坑儒的目的，在于让服务官僚体系的野蛮恣意生长。

对自由的钳制，对思想的荼毒，对知识分子至圣境界的掠夺，让中国思想文化的天空陷入漫漫长夜。

明末清初的大思想家顾炎武在《日知录》曾经有一个著名的论述：

有亡国，有亡天下。亡国与亡天下奚辨？曰：易姓改号，谓之亡国。仁义充塞，而至于率兽食人，人将相食，谓之亡天下。

翻译成今天的话就是，改朝换代，种姓轮换，不过是"亡国"而已，算不了什么；然而，廉耻丧尽，斯文扫地，这叫"亡天下"，是天翻地覆的大事。

答袁宏道《别龙湖诗》

〔明〕李　贽

多少无名死，
余特死有声。
只愁薄俗子，
误我不成名。

山山记水程

——李贽在晚明

"啪！"

一滴血滴在地上。

"啪！"

又一滴血滴在地上。

"啪，啪，啪，啪……"

血流像一根凝重的红丝线，不，红丝线比这要纤细得多，这分明是一条曾经丰盈现已濒临干涸的溪流，曾经鼓荡的生命，正渐渐变成无限的哀婉和叹息。

血，滴在冰冷的地面上。

死神在不远处纵声大笑。他常年游走在监狱的高墙之内，看惯了刽子手砍下犯人的头颅，麻利得如探囊取物。他不相信这个衣衫褴褛、像乞丐一样的糟老头子能挺多久。可是，这一次，他竟然在这里等了整整两天。这个苟延残喘的躯壳里到底有着怎样顽强的意志？他揣摩不透。李贽躺在冰冷的地面上，他用最后残余的力气凝视着死神，以及死神身后遥远的远方。巴掌大的窗口里，只有巴掌大的蓝天，枯索的双眸里，满是慈悲和傲岸。这不屈服的眼神，逼得死神偃旗息鼓，节节后退。死神怀着从未有过的惊恐向后张望，仿佛自己的身后，还站着另一个死神。

李贽早已说不出话来，他的喉咙被割断了，伤口溃烂得像残败的罂粟，腐败的气息游荡在这残败的躯体里。苍蝇嗡嗡叫着一群一群地飞过来，吃得脑满肠肥。血，快要流尽了，从喷涌而出，到干涸如斯。

前不久，有消息传到狱中，某个内阁大臣建议，既然不能将李贽处以死刑，不妨将其递解回原籍，借以羞辱之。李贽闻之大怒："我年七十六，作客平生，死即死耳，何以归为!"

士可杀，不可辱!

两天前，李贽要侍者取来剃刀为他剃头。花白的头发披散着，如同废弃的麻绳，他要理一理这三千烦恼丝。可是，侍者未曾料到，稍不留意，李贽便抢过剃刀，用力割开了咽喉。他已经年逾古稀，狱中的粗茶淡饭、离群索居，耗尽了他最后的元气，包括力气，否则，他会一剑毙命，哪怕剑锋指向自己。

颈上血流喷涌而出，整整两天，血流不止。

朝廷无人过问，只有年轻的侍者守在身边，痛哭不止。

"和尚，痛否?"侍者握住他干枯的手，颤抖地问他。

"不痛——"李贽气若游丝。

"和尚何自割?"侍者哽咽。

李贽黯然神伤,他已经说不出话来。

李贽用尽力气,牵过侍者的手,在掌中一笔一画写道:"七十老翁何所求!"

袁宏道记载,李贽在自刎后两天,方才死去。

血泊中辗转两日,这究竟是怎样撕心裂肺的痛苦?悲恸中一心向死,这又该是怎样一往无前的决绝?袁宏道不敢想象,只能饱蘸笔墨,奋力写下两个大字:"遂绝"。

遂!绝!

李贽的慷慨刚烈,尽在这真气淋漓的两个字中。

李贽想要用自己枯瘦的双肩托住黑暗的闸门,放久被压抑的人到宽阔光明的地方去,可是,过于沉重的闸门却非李贽的双肩所能承受。这一刻,这黑暗的闸门终于重重地落了下来。

天寒夜长,风气萧索。鸿雁于征,草木黄落。

一颗耀眼的流星,划破暗夜沉沉的天际,倏尔陨落。

一、志士在沟壑,勇士丧其元

将头临白刃,一似斩春风。

其实,李贽早就准备好了,将"荣死诏狱"作为最后归宿。

多少个贫病交加的惨淡黄昏，多少个辗转反侧的不眠之夜，多少个彻夜参悟的饮露清晨……李贽拖着孱弱的身躯，在逼仄的狱室里走着，椎心泣血，思绪万千。

他要以死明志，用死来了结这场官司。是的，士可杀，不可辱！

万历三十年的春天，乍暖还寒，御河桥边的冰凌开始融化，棋盘街旁的杨柳开始吐绿。可是，春的讯息藏不住北京城的波诡云谲、杀机四伏。

一场政治阴谋在悄悄酝酿着，这阴谋直指李贽和他的异端思想，株连他的朋友们，扫荡他的追随者，甚至祸及利玛窦之类的西方传教士。

从都察院礼科给事中张问达向万历皇帝神宗上疏弹劾李贽、要求逮捕高僧达观，到礼部尚书冯琦上疏焚毁道释之书、厉行科场禁约，再到礼部上疏要求驱逐西方传教士，这些事，都紧锣密鼓地发生在二月下旬到三月之间短短一个月内。有明一朝逾二百年矣，政治机器运转得如此高效、如此整齐划一，这或许还是第一次。

去年的这个时候，曾经写《焚书辨》声讨李贽的蔡毅中在辛丑科的会试中了进士，被选为翰林院庶吉士。蔡毅中心中恨恨，他的老师耿定向对李贽太多隐忍，现在，他终于有机会了，他要效法孔子诛少正卯，要置李贽于死地而后快。

于是，各种流言蜚语开始在京师流传，其中之一就是李贽公然著书诋毁内阁首辅沈一贯。沈一贯闻知此事，大光其火，却苦于找不到李贽的把柄。他思虑再三，决定以"辨异端以正文体"为名，发动一场清除以李贽为代表的思想异端的政治运动，先从李贽下手，再逮捕高僧达观，进而驱逐利玛窦等西方传教士。

如果你认为，迫害李贽的都是宵小之徒，那你就错了。

在这个向李贽投出匕首和刀剑的队伍中，不仅有观风派，有保守派，有激进派，而且有担当社会进步的贤达先驱、治世能臣。

张问达，东林党中享有盛名的君子之一。《明史》记载，张问达与东林领袖顾宪成乃同乡。万历十一年（1583）中进士，历官知县、刑科给事中、工科左给事中、礼科给事中、右佥都御史巡抚湖广、吏部尚书等职。当万历皇帝派矿监税史对商民进行掠夺时，张问达上疏"陈矿税之害"，为民请命。万历三十年（1602）十月，他又乘天上出现星变之机，再次上疏请"尽罢矿税"。巡抚湖广时，正值万历皇帝大兴土木建造宫殿，要湖广出资四百二十万两皇木银两费，张问达又"多方拮据，民免重困久之"。

闰二月乙卯（廿二日）这天，张问达呈送的这份奏疏便摆在了神宗的案头：

李贽壮岁为官，晚年削发，近又刻《藏书》《焚书》《卓吾大德》等书，流行海内，惑乱人心。以吕不韦、李园为智谋，以李斯为才力，以冯道为吏隐，以卓文君为善择佳偶，以司马光论桑弘羊欺武帝为可笑，以秦始皇为千古一帝，以孔子之是非为不足据。狂诞悖戾，未易枚举，大都刺谬不经，不可不毁者也。

尤可恨者，寄居麻城，肆行不简，与无良辈游于庵，挟妓女，白昼同浴，勾引士人妻女，入庵讲法，至有携带衾枕而宿庵观者，一境如狂。又作《观音问》一书，所谓观音者，皆士人妻女也。而后生小子，喜其猖狂放肆，相率煽惑。至于明劫人财，强搂人妇，同于禽兽而不足恤。迩来缙绅士大夫，亦有捧咒念佛，奉僧膜拜，手持数珠，以为律戒，室悬妙像，以为皈依，不知遵孔子家法，而溺意于禅教沙门者，往往出矣。

康丕杨，以贤能著称，先后任宝坻县知县、密云县知县、山西道监察御史监管河东盐政、辽阳巡按兼学政，后署理两淮盐课。他中进士后，先于万历二十二年（1594）任宝坻县知县，后调密云县知县。他在宝坻、密云六年间，清理垦田，裁撤县内不必要的建设项目；施行清丈土地安置回乡灾民，平反冤假错案，重修白檀书院。万历二十七年（1599），康丕杨在赴京等待重新安排职务期间，根据密云的战略地位与地形，写出《千秋镜源》六十卷，为山海关一带的治乱和战备，提出诸多颇有建树的见解。

三月乙丑（初三日），山西道监察御史康丕杨向神宗递上了参劾李贽及僧人达观的奏疏：

> 僧达观狡黠善辩，工于笔术，动作大气魄以动士大夫。……数年以来遍历吴、越，究其主念，总在京师。……深山尽可习静，安用都门？而必恋恋长安，与缙绅日为伍者何耶？昨逮问李贽，往在留都，曾与此奴弄时倡议。而今一经被逮，一在漏网，恐亦无以服贽心者，望并置于法，追赃遣解，严谕厂卫五城查明党众，尽行驱逐不报。

如此密集的箭矢让李贽无处躲藏。神宗见张问达、康丕杨等人奏疏，批复道：

> 李贽敢倡乱道，惑世诬民，便令厂卫五城严拿治罪。其书籍已刊未刊者，令所在官司尽搜烧毁，不许存留。如有党徒曲庇私藏，该科及各有司访参奏来，并治罪。

李贽旋即被捕入狱。他已经做好了准备，可是他还是没有料到，他将在狱中度过人生的至暗时刻。袁中道在《李温陵传》中记录了李贽被捕时的情况：

> 至是逮者至，邸舍匆匆，公以问马公。马公曰："卫士至。"公力疾起，行数步，大声曰："是为我也。为我取门片来！"遂卧其上，疾呼曰："速行！我罪人也，不宜留。"马公愿从。公曰："逐臣不入城，制也。且君有老父在。"马公曰："朝廷以先生为妖人，我藏妖人者也。死则俱死耳。终不令先生往而已独留。"马公卒同行。至通州城外，都门之牍尼马公行者纷至，其仆数十人，奉其父命，泣留之。马公不听，竟与公偕。明日，大金吾置讯，侍者掖而入，卧于阶上。金吾曰："若何以妄著书？"公曰："罪人著书甚多，具在，于圣教有益无损。"大金吾笑其倔强，狱竟无所置词，大略止回籍耳。

落难狱中一个月，李贽陆续写下《系中八绝》，不妨看看他在这八首诗背后的情感历程。第一首题为《老病始苏》："名山大壑登临遍，独此垣中未入门。病间始知身在系，几回白日几黄昏。"遍历名山大川，却独独未曾进入过监狱的大门。刚刚入狱的李贽，将坐牢也视为人生的体验，这是何等的超然！然而，随着时间的流逝，李贽在狱中越来越绝望，他用《不是好汉》为第八首题名："志士不忘在沟壑，勇士不忘丧其元。我今不死更何待？愿早一命归黄泉。"

从第一首的超拔淡薄，到第八首的唯求速死，难以想象中间经历了怎样的情感变迁。时间，像一把钝刀，一下又一下，割着他的感觉，也割着他的灵魂。走笔至此，李贽已经明白，寄希望于皇恩浩荡，那无异于白日做梦。他下定决心——

以身殉道，唯求速死。

李贽的学说使他处于万历年间中国社会时代矛盾的焦点上，这就是——继续维护传统的泛道德主义，用"死的"来拖住"活的"；还是冲破传统的泛道德主义，用"新的"突破"旧的"，替朝气蓬勃地创造自己的新生活的人们打开一条新路？

破旧不堪的青布直身宽大长衣，早已看不出原来的颜色，边角磨圆了的黑色纱罗四角方巾，折叠得整整齐齐，码放在一边。原以为对人生还有所留恋，可是，这些天写完这部《九正易因》最后一个字，李贽明白了，"未甘即死"是因为这部著作还未完成。周文王的《易经》、孔子的《易传》，被后人穿凿附会到不成文理，如此这般，何谈修身齐家治国平天下？现在，书稿终于完成，他此生了无遗憾。

可是，《九正易因》撰成，李贽的病却更重了。他写过一篇谈论生死的短文，题目叫《五死篇》，列举了人的五种死法："人有五死，惟是程婴、公孙杵臼之死，纪信、栾布之死，聂政之死，屈平之死，乃为天下第一等好死。"为义而死，死得壮烈。谈到自己的死，他写道："第余老矣，欲如以前五者，又不可得矣。……英雄汉子，无所泄怒，既无知己可死，吾将死于不知己者以泄怒也。"李贽对即将到来的死亡早有预感，"春来多病，急欲辞世"，二月初五，他提笔写下遗言：

倘一旦死，急择城外高阜，向南开作一坑：长一丈，阔五尺，深至六尺即止。既如是深，如是阔，如是长矣，然复就中复掘二尺五寸深土，长不过六尺有半，阔不过二尺五寸，以安予魄。既掘深了二尺五寸，则用芦席五张填平其下，而安我其上，此岂有一毫不清净者哉！我心安焉，即为乐土，勿太俗气，摇动人言，急于好看，以伤我之本心也。虽马诚实老能为厚终之具，然终不如安余心之为愈矣。此是余第一要紧言语。我气已散，即当穿此安魄之坑。

未入坑时，且阁我魄于板上，用余在身衣服即止，不可换新衣等，使我体魄不安。但面上加一掩面，头照旧安枕，而加一白布中单总盖上下，用裹脚布廿字交缠其上。以得力四人平平扶出，待五更初开门时寂寂抬出，到于圹所，即可妆置芦席之上，而板复抬回以还主人矣。既安了体魄，上加二三十根椽子横阁其上。

阁了，仍用芦席五张铺于椽子之上，即起放下原土，筑实使平，更加浮土，使可望而知其为卓吾子之魄也。周围载以树木，墓前立一石碑，题曰："李卓吾先生之墓"。字四尺大，可托焦游园书之，想彼亦必无吝。

遗言如此冷静，仿佛不是在谈论自己，而是谈论旁人的日常琐事，读来却让人五内俱焚。李贽担心自己的死给大家平添烦恼，在遗言中特地叮嘱，用五张芦席安顿我的魂魄就可以了，不要用板材，不要用棺木，落葬的时候穿着平时的旧衣服即可，不需要更换新衣。甚至，他还不忘提醒朋友，一定记得将抬尸骨的木板还给主人。他了无挂碍，更不希望朋友们因为他的离去而痛苦，更不希望自己的离开给朋友们留下任何烦扰，"我心安焉，即为乐土"。

遗言行至后半部，李贽愈加冷静、清醒："我生时不着亲人相随，没后亦不待亲人看守，此理易明。"他希望干干净净，了此一生，生生死死都无牵挂。在遗言的结尾，李贽又反复叮嘱："幸勿移易我一字一句！……幸听之！幸听之！"

呜呼！卓吾远矣！

一身犹在，乱山深处，寂寞溪桥岸。

二、回头十万里，举目九重城

原来，万历三十年对李贽的迫害，只是万历二十八年那场迫害的继续。

今天，我们站在五百年历史的这端，发现李贽回湖北麻城，无疑是一个重大失策。但是身处彼岸，他怎会料想，一时间，上下左右前后的势力竟然合谋对他下手？他年老多病，赶回麻城，原本只想找个偏远僻静的地方聊度余年。

这样看来，或许这不是李贽的失策，而是他在劫难逃。

这一年，李贽寓居南京永庆寺，此间，他还编辑了《阳明先生道学钞》八卷、《阳明先生年谱》二卷。对于这件工作，他至为得意，骄傲地写道："我于《阳明先生年谱》，至妙至妙，不可形容，恨远隔，不得尔与方师（方时化）同一绝倒。"

好朋友都力劝李贽不要回麻城。远在北京的袁宏道致信南京好友，请他们一定留住李贽，不要离开南京："弟谓卓老南中既相宜，不必撺掇去湖上也。亭州（麻城）人虽多，有相知如弱侯老师者乎？山水有如栖霞、牛首者乎？房舍有如天界、报恩者乎？一郡巾簪是不相容，老年人岂能堪此？愿公为此老长计，幸勿造次。"

在南京的那几个月，或许是李贽风烛残年里最欢喜的时光。这期间，六十八卷本《藏书》付刻，他还见到了诸多新老朋友：杨起元、焦竑、马经纶、潘士藻、梅国桢、汤显祖、佘永宁、吴世征、李登、李朱山、吴远庵、徐及、无念、程浑之、方沆、曹鲁川、杨定山、袁文炜……这是一份长长的名单，李贽与朋友往来应和，切磋琢磨。二十一年前，他曾寓居南京，那时，他还鲜为人知，而此时，他已是名震四方的大学者。

未几，河漕总督刘东星以漕务的身份巡河到南京，将李贽接到山东济宁，寓居济宁漕署。在这里，李贽受到刘东星的礼遇，却也受到更多人的攻击。著名闽派诗人、博物学家谢肇淛大肆挞伐："近时吾闽李贽，先仕宦至太守，而后削发为僧，又不居山寺，而遨游四方，以干权贵，人多畏其口而善待之。拥传出入，髡首坐肩舆，前后呵殿。余时客山东，李方客司空刘公东星之门，意气张甚，郡县大夫莫敢与均茵伏。"他毫不吝惜笔墨，以表达对李贽的极度反感："余甚恶之，不与通。"

这一次，向李贽频频出击的又是正人君子。万历四十年（1612）——李贽逝后十年，天大旱，谢肇淛上疏神宗为民请命。他痛陈宦官搜刮民众的行为，指责国家诸多浪费的弊端，语气恳切。神宗虽然感其诚，传旨嘉奖，但是最终还没有采纳他的谏言。天启元年（1621）谢肇淛任广西右布政使，他痛恨吏治腐败至极，屡屡力挽时弊。他设法抑制土司的权力，增兵边境，以抵御安南侵扰，整顿盐政，发展经济。

这个谢肇淛，可谓博学多才，更是爱憎分明。他与李贽一样，同为闽中翘楚，叙年齿，他还年少李贽四十岁。也是这个谢肇淛，却也不顾乡谊与人伦，眼里就容不下一个落拓的书生，频频向李贽发难，频频向李贽投出利刃和各种污言秽语。一个耿直博学的人，不能容忍他的耿直博学的前辈，这到底是因为什么？

正是在这个时候，李贽准备取道潞河回麻城。他知道，麻城人还记恨着他，随时想滋生是非。他出游在外的时候，就叮嘱守院众僧关门闭户，慎而又慎，可是这些年，还是有人不停到龙湖芝佛院寻衅滋事。

李贽是带着病回到麻城的。此次回来，李贽原想安心编书著述，完成选注《法华经》，编辑《言善篇》，继续改正《易因》。自落发至今已有十多年了，朝朝暮暮唯有僧众相伴，他们随他奔波劳碌，驱驰万里，吃了太多的苦，他实在难以忘记他们的友情，李贽想给跟随自己多年的这些朋友和弟子留下点什么。他在《与友人》中写道："俾每夕严寒或月窗檐下长歌数首，积久而富，不但心地开明，即令心地不明，胸中有数百篇文字，口头有十万首诗书，亦足以惊世而骇俗，不谬为服侍李老子一二十年也……"

可是，他发现，麻城开始出现"僧尼宣淫"的风言风语，也有人开始称他为"说法教主"。这到底是怎么回事？他写信给焦竑辩解：

生未尝说法，亦无说法处；不敢以教人为己任，而况敢以教主自任乎？……关门闭户，著书甚多，不暇接人，亦不暇去教人，今以此四字加我，真惭愧矣！

他曾经一再抨击耿定向及一些以救世自命的大人先生的好为人师，却从不愿以导师自居。也曾经有人要追随他，他觉得其人有骨有志，方才予以启发开导，当然，这都是出于友情，怎么能称为"说法教主"呢？他不接受。

紧接着，又有风声传出，因为李贽诲淫诲盗，官方要将他递解回原籍福建泉州，以免他危害风气教化。李贽无疑也听到了这些风声，在同一封给焦竑的信中，他写道："若其人不宜居于麻城以害麻城，宁可使之居于本乡以害本乡乎？是身在此乡，便忘却彼乡之受害，仁人君子不如是也……"他更不接受。

李贽不接受，可是，这些需要他接受吗？他想讲理，可是，他又跟谁讲理去呢？

焦竑回信中以诗寄情，邀请李贽再往南京相聚："独往真何事，重过会可期。白门遗址在，相为理茅茨。"

然而，还没等李贽思考，又一件大事发生了。这年冬天的一个深夜，龙湖芝佛院燃起了熊熊大火，顷刻间，下院、上院、塔屋……全部被大火吞噬。人们在大火中奔跑、逃命。有人说，这是新上任的湖广按察司佥事冯应京放的火。冯应京，他的确是最大的嫌疑人，甫一到任，便扬言要"毁龙湖寺，置从游者法"。冯应京放火烧了龙湖的芝佛院，砸毁了李贽为百年之后准备的藏骨塔，抓住寺中的小沙弥，要他们交代妖僧李贽现藏何处，又下令麻城县学行查李贽是否藏匿在杨定见等人家中。墙倒众人推，当地的暴民趁机作案，一时间，麻城乱作一团。

此时，李贽还是享受着四品官员待遇的社会名流，为何麻城人敢蔑视王法、向李贽施暴？我们发现，这纷繁复杂的事件背后，还藏着心思缜密的铁腕人物冯应京。

冯应京，安徽人，进士出身，累官至湖广监察御史。冯应京出任湖广按察司佥事时，遇税监陈奉是当地一霸，在这里百般搜刮，甚至掘坟毁屋，剖孕妇，溺婴儿。受害者上诉，从者万人，哭声动地。然而此案却一直被纵容包庇。陈奉也试图将黄金放在食物中贿赂冯应京，被其揭露。陈奉恼羞成怒，焚民居，碎民尸，巡按支可大不敢出声，冯应京却大义凛然，上疏列陈奉十大罪。此案最后以冯应京被捕入狱结束，令人感叹的是，冯应京于狱中著书，朝夕不倦。他死后，赠太常少卿，谥"恭节"。

冯应京，一个眼里容不得沙子的好官，那些在他治下企图发横财的土豪恶棍，听闻他的名字，纷纷逃窜。"绳贪墨，摧奸豪"，一时间，冯应京"风采大著"。

又一个正人君子、治世能臣！这些被封建体制裹挟、推动着体制巨轮的正人君子、治世能臣，一次又一次冲出帷帐，向试图挑战体制的李贽射出暗箭，充当了剿杀叛逆者的凶手。

李贽在哪里？

更多的朋友们冲出来，试图替他挡住时代的暗箭。在火灾之前，麻城城关以及四乡已有人张贴《驱李贽文》，扬言为麻城人除害。一年前，北通州前御史马经纶在京郊结识了李贽，担心他的安危，致信湖广当局："卓吾今何在？弟盖奉之寓商城黄蘗山中耳。"他得到李贽在麻城的遭遇，立即南下冒雪入楚，想要迎接李贽到通州。

倔强的李贽岂肯服输远去？他来到离麻城不远的商城，在无念和尚所在的黄蘗山法眼寺暂避一时，随时准备回湖广讨回公道。正是在商城，李贽写下了反对盲从、提倡独立思考的《圣教小引》，重申他对于孔子的态度："果有定见，则参前倚衡，皆见夫子；忠信笃敬，行乎蛮貊决矣，而又何患于楚乎？"也就是，无论处在什么场合都可以见到孔子，不论是南北边远地区还是楚地，都可以通行忠实信用、诚恳恭敬。

然而，这一年十二月，武昌爆发了历史上少见的城市民变，李贽的生命历程就此改变。

万历二十九年春，李贽依依惜别了相交二十多年的无念和尚，在心中默默辞别所有与他相濡以沫、相知相敬的"此间相识人"，离开湖广，北上通州。

一路跟随李贽的有不少老朋友。马经纶、新安汪本钶、麻城杨定见，以及僧众十余人。杨定见家中还有堂上老母、枕边妻子，曾因窝藏李贽受到县学的追查，李贽不想再连累他和他的家人，执意请他返回麻城。杨定见依依不舍，执手相望泪眼。沿途不时有久慕李贽之名的学人士子拜会、加入。李贽感慨——

> 岁晚登黄山，言此是蓬瀛。
> 我为何病来，君胡自商城？
> 惭非白莲社，误作苦寒行。
> 赠我七言古，写君雪里青。
> 古木倚孤竹，相将结岁盟。

麻城，是李贽前世注定的心灵故乡，也是他此生归不得的地方。这次惜别，李贽有多少哀恸、多少无奈，已经无从得知了。可是，他一定知道，这一辈子，他不会再有机会回到这里了。像他这般志向高远的人，从来都是四海为家的吧！

三、古来聪听者，或别有知音

上一次从麻城龙湖踏上北往山西的道路，还是万历二十四年（1596）的秋天。入楚十六年以来，这是李贽第一次离开湖广。

毕竟是七十高龄的人了，每一次启程长途跋涉，李贽都深感悲凉，老来病多，形销骨立，留给他的时间不多了，他的诗里充满了"三秋度沁水，九月到西天"的彻骨之寒。这年秋天，他在《秋怀》中吟咏：

白尽余生发，单存不老心。
栖栖非学楚，切切为交深。
远梦悲风送，秋怀落木吟。
古来聪听者，或别有知音。

三年前——万历二十一年（1593）春，李贽从武昌回到麻城。

正是在麻城的龙湖芝佛院，李贽好友、浙江道监察御史梅国桢的三女梅澹然落发为尼。梅澹然称李贽为"卓吾师"，李贽也尊称其为"澹然师"。梅澹然可谓李贽的红颜知己，他在不久前回复她的信中谈及自己治学的志向和感受，不愿意再钻故纸堆。又说，自己年老体衰，病苦渐多，希望早日回到麻城，麻城是他的第二故乡，哪怕他死也要死在麻城。如今，他在武昌完成了《藏书》的修订，终于回来了。

梅国桢为澹然落发事，特地从北京赶回麻城。李贽亦自觉去日无多，开始思考身后事。他请梅国桢为自己的藏骨塔作记，梅国桢欣然命笔，作《书卓吾和尚塔》。梅国桢在文中说："卓吾之爱其身可谓至矣。余窃怪世人之爱其身者，必享富厚之乐，有妻子之奉，以快意生前，而后为生后计。卓吾捐家屋，守枯寂，厌甘毳，就恶□，且精洁其藏，而又不比于牛眠马鬣之习尚也。卓吾可以寻常比拟乎？余亦不知所为书矣。"

就在世人皆"快意生前，而后为生后计"之时，李贽却坚持"捐家屋，守枯寂，厌甘毳，就恶□"，这是怎样一个苦行僧，怎样一个逆行者！

可是，也正是这样的坚忍执着，李贽又成为某些人的眼中钉，麻城掀起了一轮又一轮迫害李贽的风暴。这些人，这些事，李贽都看在眼里，"改岁以来，老病日侵"，他豫立戒约，以使侍者日后有所遵循。李贽的《豫约》共有七条，前五条是戒律式的约言，后两条是遗嘱和自述生平。其中《感慨平生》一文，是后世研究李贽的重要文献。在这部分，他申诉为官的艰难处境，"来而迎，去而送；出分金，摆酒席；出轴金，贺寿旦。一毫不谨，失其欢心"；总结"缘我平生不爱属人管"的桀骜性格，是以"宁漂流四外，不归家也"：

> 虽然，余之多事亦已极矣。余惟以不受管束之故，受尽磨难，一生坎坷，将大地为墨，难尽写也。

朱熹、苏轼、苏辙、邵雍、司马迁这些大儒的命运给了李贽巨大的鼓励。"晦庵婺源人，而终身延平；苏子瞻兄弟俱眉州人，而一葬郏县，一葬颍州。不特是也，邵康节范阳人也，司马君实陕西夏县人也，而皆终身流寓洛阳，与白乐天本太原人而流寓居洛一矣。""盖世未有不是大贤高品而能流寓者"，这个世界上就没有品行不清净高洁而流落他乡的贤者。此时，李贽回望自己的一生，悲喜交集——那些磨难曲折，那些崎岖坎坷，纵使以大地为墨，又怎能书写得明白？他叹息说："我愿尔等勿哀，又愿尔等心哀，心哀是真哀也。真哀自难止，人安能止？"

《藏书》的写作、修订是个巨大的工程，李贽好像放下了背在身上的巨石，松了一大口气。他在给焦竑的信中写道：

> 山中寂寞无侣，时时取史册批阅。……自古至今，多少冤屈，谁与辨雪！故读史时真如与百千万人作对敌，一经对垒，自然献俘授首，殊有绝致，未易告语。今不敢谓此书诸传皆为妥当，但以其是非堆为当前人出气而已。

《藏书》不藏。《藏书》未经刊印，便在师友间广为传抄阅读，万历二十八年（1600）在南京公开刊印，更如巨石投水，波浪滔天，一时"金陵盛行"，洛阳纸贵，"海内又以快意而歌呼读之"（陈仁锡《无梦园集》）。尽管李贽自言："藏书者何，言此书但可自怡，不可示人，故名曰藏书也。"可是，天真的李贽不知道，这又怎么可能？

得知李贽回到麻城，"公安三袁"袁氏三兄弟宗道、宏道、中道开心不已，他们立即邀请朋友王以明、龚散木一行五人自荆州泛舟而下，前往龙湖拜访李贽。

这一天，正值端午，皓月当空，李贽与袁氏三兄弟、王以明、龚散木六人在堂上饮酒赏月。李贽兴致大发，道："今日饮酒无以为乐，请诸君各言生平像何人。"

袁宗道在三兄弟中最长，他沉默了一会儿，说："我最爱苏东坡，但我又不像他，我看自己还是最像白居易吧！"

王以明接着袁宗道说："庄周。"明朝开国二百余年，崇尚儒家之道，老庄之学一度荒凉。李贽曾著《庄子解》，他对庄子"以真为贵"的精神气质大为赞赏。可是，庄子所贵之真，是万物的本相和人的自然本性，而王以明与庄子之间仍差距甚远。李贽坦率地说："庄子太高了，你且说个近似的。如果说是庄子的话，恐怕你还不知道他的学说的着落处。"

李贽又问袁宏道。袁宏道说："我最喜欢竹林七贤中的嵇康。"李贽想了想说："似乎也不大像。"

于是李贽便问袁氏三兄弟中最小的袁中道，中道大笑回答说："我从来只爱齐人，家有一妻一妾，又中日觅得有酒肉。"对这玩世不恭的回答，李贽并不以为忤逆。他评点道："你却有廉耻，不会说像古书中说的那个齐国人，白日在外乞讨，晚上回家哄妻妾说是整日与达官贵人在一起喝酒吃肉。我看，你最是谨慎周密。你的疯癫放浪，都是装出来的，诸位不要信他。"大家都大笑，开怀不已。

李贽再问龚散木，散木说："我最爱李太白。"

少顷，李贽半是顽皮半是认真地说："诸位来评一评我，如何？"袁宗道说："李耳。"李贽连连否认："我怎么能跟老子相比呢？"袁中道说："你就是盗跖。"李贽闻之大笑："盗跖也不容易啊！昔日在黄安时，亦有友人对我说，你就是林道乾，是泉州的大海盗，横行各郡县，无人敢惹。你们了解林道乾吗？他亦有趣。有一次他回到家中，被官兵团团围住，他照样与众人高饮不顾。到了天亮，官兵打杀进去，却不见了他的踪影。你们看，他耍戏朝廷命官如同小儿，亦算胆大包天了！"

袁宏道则说，李贽还是像东汉时的太学生领袖李膺。

接着，李贽请众人互评，又为这次"龙湖雅会"做了总结："袁宗道气量像黄书度，学识似管宁。袁宏道像刘禹锡和柳宗元，他二人相扶相持，柳宗元被放逐到柳州，刘禹锡则被放逐到更僻远的播州，柳宗元要求以柳州换播州，可见其患难真情。袁中道像袁彦通，一掷百万，倚马万言。"李贽又说："凡我辈人，这一点情，古今高人个个有之；若无此一点情，便是禽兽。"

李贽也不客气地品评自己："我骨气也像李膺，然李膺事，我却有极不肯做的。"东汉李膺以天下名教之是非为己任，被视为传统的伦理至上主义者。李贽认为李赟虽有骨气，但是自己绝对不会像李赟那样维护名教。袁中道闻之，说："古人有者，我不必有；我所有者，古人未必有。大约风神气骨，略有相肖处耳。"李贽很欣慰，高兴地回答："善。"

五月十五的龙湖，夜凉如水，月映四野。众人谈兴甚浓，话语遂长。不觉时光流逝，已是夜半时分，寒意入骨生凉，六人方才散去。

这场前无古人后无来者的"龙湖雅会"，被袁中道记录在《柞林纪潭》中，今人得以一窥究竟。正是缘于这次"龙湖雅会"，李贽对"公安三袁"有了足够的了解和认知：袁宗道沉稳忠实，袁宏道、袁中道二人英武奇特，不愧为天下名士。若论胆识与魄力，袁宏道迥绝于世，是真英灵男儿也！也正缘于这次"龙湖雅会"，李贽发现，袁宏道有能力从哲理的高度把握自己的学说精髓，可以交付重任。

在李贽离经叛道思想的启迪下，袁宏道视野大开，"始知一向掇拾陈言，株守俗见，死于古人语下，一段精光不得披露"。从此，他决心改变诗文创作之风，"能为心师，不师于心；能转古人，不为古转。发为语言，——从胸襟流出"。他受李贽"童心说"影响，在《叙小修诗》一文中提出公安派的文学主张"性灵说"，在文风凋敝的晚明，举起了文学革新运动的旗帜，自此卓然独立。

这一天，李贽终于准备离开他无比眷恋又无比伤心的麻城了。金秋九月，金桂飘香，李贽抵达山西沁水。也就是在这里，李贽在回复朋友的回答时第一次提到了自己的结局——"荣死诏狱"。"吾当蒙利益于不知我者，得荣死诏狱，可以成就此生。"言罢，鼓掌大笑："那时名满天下，快活快活！"

谁料想，此言一语成谶。

在山西，李贽真正感到茫然无归的痛苦，可是，他决意无怨无悔。此间，他听闻焦竑被贬为行人，继而被谪为福建福宁州同知，写信劝慰：

> 世间戏场耳，戏文演得好和歹，一时总散，何必太认真乎。砚笔亦有甚说得好者："乐中有忧，忧中有乐。"夫当乐时，重任方以为乐，而至人独以为忧；正当忧时，众人皆以为忧，而至人乃以为乐。此非反人情之常也，盖祸福常相倚伏，惟至人真见倚伏之机，故宁处忧而不肯处乐。人见以为愚，而不知至人得此微权，是以终身常乐而不忧耳，所谓落便宜处得便宜是也。

人生如戏，聚散有时。

李贽天生异禀，冰雪聪灵，他明明看懂了这些，掏心掏肺地劝导焦竑，在信的结尾还贴心地问："兄以为然否？"可是，他却在自己的戏场里入戏太深，衷肠百结，以致付出生命的代价。

刊刻《藏书》时，李贽在《藏书世纪列传总目前论》中，反复强调写作动机——人人都有不同的是非标准，"人之是非，初无定质。人之是非人也，亦无定论。无定论则此是彼非，并育而不相害。无定论则是此非彼，亦并行而不相悖矣"。在书中，他提出疑问："后三代，汉唐宋是也，中间千百余年而独无是非者，岂其人无是非哉？"并作出结论："咸以孔子之是非为是非，故未尝有是非耳。"

历史就像一盘大棋，风云变幻，高手云集，千百年来，这些高手将孔子学说打造为封建道德理论的基石。可是，李贽偏偏不以孔子之是非为是非。不仅不以孔子之是非为是非，还按照自己的理解和判断，对千百年来的人物重新做了评估和分类——从来都认为是"草寇"的陈胜、项羽、公孙述、窦建德、李密，李贽将他们堂而皇之地列入了《世纪》里，与唐太宗、汉武帝等并列。他将评语也重新做了修正，称誉陈胜"古所未有"、项羽"自是千古英雄"；秦始皇"自是千古一帝"，然焚书坑儒，终致覆灭。而汉惠帝呢？仅作附录，因为"无可纪"。他还在《大臣传》中《容人大臣传》末评论："后儒不识好恶之理，一旦操人之国，务择君子而去小人，以为得好恶之正也。夫天有阴阳，地有柔刚，人有君子，小人何可无也。君子固有才矣，小人独无才乎？君子固乐于向用矣，彼小人者独肯甘心老死于黄馘乎？

是皆不可以无所而使之有不平之恨也。"将人作为他的出发点，只有人的现实才是真正的现实。这就是李贽的学术之道。

他自信《藏书》定是"万世治平之书，经筵当以进读，科场当以选士"，而他，会在这本书中获得永生。自春秋战国时期百家争鸣时代结束，西汉"罢黜百家，独尊儒术"，此后千百年来封建伦理秩序井然，中国思想文化定于儒教，李贽偏要捅破这严严密密的天空，大喊一声："执一便是害道!"

这还了得？怎容他如此大逆不道!

四、寂寞从人谤，疏狂一老身

"天下嗜卓吾者，祸卓吾者也。"

《藏书》刊刻之后，秉性耿直、富贵显赫的翰林院编修陈仁锡在他的《无梦园集》中这样写道。

若干年后，恰是这个陈仁锡，协助崇祯皇帝朱由检除掉了魏忠贤，惩治了阉党。明王朝建国历二百七十余年，也许，这样的人和事，都是最后的光辉了。

翰林院编修之后，陈仁锡以右春坊右中允出任武举会试主考官，升为国子监司业，再直经筵讲官，以预修神宗、光宗二朝实录，升右谕德，直至黯然退场。

回到这部书，陈仁锡在其中记录了很多亲身经历的有趣事情，涉猎颇广，所记颇详，包括契丹国情、边防地理、屯田茶海，卷端有他手绘的《山海关内外边图》。此部书还被列入了清朝的《禁书总目》《违碍书目》。也是在这部书中，他如此评价李贽和身边的林林总总。离经叛道、肆无忌惮的《藏书》在知识文化界越是受到欢迎，就越是引起卫道者的恐慌。

聪明如李贽者，怎会不知道"嗜卓吾者"与"祸卓吾者"都是何许人也？

越来越多的人走进了他的朋友圈，相知的心灵不需要手臂就可以相拥。可也有越来越多的人加入了猎杀他的队伍，他们虎视眈眈，气势汹汹，枕戈待旦，等待着李贽走进他们精心织就的天罗地网。对那些磊落君子譬如耿定理的哥哥耿定向者，李贽不惜用一辈子时间与他论战。可是，对于那些鸡鸣狗盗的宵小之徒，李贽直接抛出白眼，把不屑写在脸上，最大的蔑视就是连眼珠都不错一错。

自万历十八年（1590）始，整整八年时间，他一直在四处避难，自麻城到武昌，从武昌到汉阳，由汉阳到武汉，又自武汉赴麻城，从麻城至沁水，由沁水到大同。

其实，早在万历十六年（1588），李贽便住进了龙湖芝佛院。这次搬家，他希望躲开那些让他烦恼的人。

龙湖，这端的是个好地方！李贽开心极了，他兴致冲冲地在《初居湖上》一诗中写道："迁居为买邻。"

四年后——万历二十年（1592），"公安三袁"同访龙湖。在《龙湖记》中，袁宗道对这里怡情养性的风物大加赞赏："万山瀑流，雷奔而下，与溪中石骨相触，水力不胜石，激而为潭。潭深十余丈，望之深青，如有龙眠，而土之附石者，因而夤缘得存。突兀一拳，中央峙立，青树红阁，隐见其上，亦奇观也。"他发现自己被美景所惑，忘记来意，自嘲道："余本问法而来，初非有意山水，且谓麻城僻邑，当与屠陵、石首伯仲，不意其泉石幽奇至此也。"

龙湖，距麻城三十里，倚山抱水，风光旖旎。此时，李贽已逾耳顺之年，在芝佛院这个简朴的寺院，他找到了家的感觉。李贽将芝佛院右边的"聚佛楼"做起居的精舍，在"寒碧楼"侧辟一洞为藏书所，"闭门下键，日以读书为事"，准备在这里安居乐业、了此残生了。

李贽不仅把芝佛院当作了家，还煞有介事地做起了主人。袁中道评价这个爱干净、有洁癖、性耿直，志合则不以山海为远、道不同则不相为谋的老头儿说："性爱扫地，数人缚帚不给。衿裙浣洗，极其鲜洁，拭面拂身，有同水淫。不喜俗客，客不获辞而至，但一交手，即令之远坐，嫌其臭秽。其忻赏者，镇日言笑，意所不契，寂无一语。滑稽排遣，冲口而发，既能解颐，亦可刺骨。"

这是怎样一个视书如命、为书而生亦为书而死的人？他读书如痴，他能为之哭，也能为之笑。他的朋友周友山记录了他读书的趣事：手捧书卷，常常读着读着就感动不已，"感激流涕"。

李贽将自己的读书观写成了一篇《读书乐》：

天生龙湖，以待卓吾。天生卓吾，乃在龙湖。
龙湖卓吾，其乐何如。四时读书，不知其余。
读书伊何，会我者多。一与心会，自笑自歌。
歌吟不已，继以呼呵。恸哭呼呵，涕泗滂沱。
歌匪无因，书中有人。我观其人，实获我心。
哭匪无因，空潭无人。未见其人，实劳我心。
弃置莫读，束之高屋。怡性养神，辍歌送哭。
何必读书，然后为乐。乍闻此言，若悯不谷。
束书不观，吾何以欢。怡性养神，正在此间。
世界何窄，方册何宽。千圣万贤，与公何冤。
有身无家，有首无发。死者是身，朽者是骨。
此独不朽，愿与偕殁。倚啸丛中，声震林鹘。
歌哭相从，其乐无穷。寸阴可惜，曷敢从容！

尽管书中没有黄金屋，也没有颜如玉，却有歌哭相从，李贽乐在其中，其乐无穷。

麻城，李贽把生命中思维最活跃、生命最旺盛的岁月交付给了这里，《说书》《焚书》《藏书》的个别单篇文章相继在麻城刻行。他在《自刻〈说书〉序》中说："以此书有关于圣学，有关于治平之大道……倘有大贤君子欲讲修、齐、治、平之学者，则余之《所书》，其可一日不呈于目乎？"他在《焚书·自序》中写道：

独《说书》四十四篇，真为可喜，发圣言之精蕴，阐日用之平常，可使读者一过目便知入圣之无难，出世之非假也。信如传注，则是欲入而闭之门，非以诱人，实以绝人矣，乌乎可！其为说，原于刊朋友作时文，故《说书》亦佑时文，然不佑者故多也。

为何取名《藏书》《焚书》呢？李贽说：

　　自有书四种：一曰《藏书》，上下数千年是非，未易肉眼视也，故欲藏之，言当藏于山中以待后世子云也。一曰《焚书》，则答知己书问，所言切近世学者膏肓，既中其痼疾，则必欲杀我矣，故欲焚之，言当焚而弃之，不可留也。《焚书》之后又有别录，名为《老苦》，虽同是《焚书》，而另为卷目，则欲焚者焚此矣。

《焚书》是李贽万历十八年以前所写的书信、杂著、史论、诗歌等。他之所以不顾"逆耳者必杀"的危险，毅然决定在麻城刻行书稿，因为他认定此书是"人人之心"，必将存之长久。而这些，是会将那些宵小之徒照出原形的。

麻城，也将李贽一生中最好的知音留在这里。只要李贽开坛讲学，不管哪座寺庙，不管哪个衙门，不论是庙堂之上还是江湖之远，官员、商贾、和尚、樵夫、农民，甚至连女子也勇敢地推开闺门，他们纷纷跑来听李贽讲课，一时间，满城空巷。

李贽寓居龙湖，可他还惦记着外面的世界。万历二十年（1592），李贽接到朋友陆思山来信，始知二月间发生了震撼朝野的"西事"——宁夏兵变。临近三月，朝廷多次接到倭寇"谋犯天朝"的告急情报，此是李贽所言"东事"。东西夹击，朝廷焦头烂额。李贽虽处江湖之远，却心忧天下。

对于这一东一西的紧急情况，李贽和刘东星的看法并不相同。《续焚书》收录了这篇《西征奏议后语》：

> 刘子明（东星字）宦楚时，时过余。一日见邸报，东西二边并来报警，余谓子明："二俱报警，孰为稍急？"子明曰："东事似急。"盖习闻向者倭奴海上横行之毒也。余谓："东事尚缓，西正急耳。朝廷设以公任西事，当若何？"子明徐徐言曰："招而抚之是已。"余时嘿然。子明曰："于子若何？"余即曰："剿除之，无俾遗种也。"子明时亦嘿然，遂散去。

然而，这一次，李贽或是错了。

"西事"，也就是宁夏兵变，从二月己酉（十八日）开始，到九月壬申（十六日）才平定。"东事"则越演越烈。

　　16世纪中期，日本除时常寇掠明朝沿海外，还不断地侵扰朝鲜。朝鲜迫不得已，乃派兵将其根据地对马岛肃清。嗣后日本又要求与朝鲜通商，但受到了严格限制。丰臣秀吉在平定各部诸侯，统一日本后，便开始积极整顿内政。丰臣秀吉是一个毫不掩饰野心的人，在给小妾浅野氏的信中说："在我生存之年，誓将唐（明）之领土纳入我之版图。"

　　几千年来，朝鲜是中国东边的屏障，丰臣秀吉侵略中国必须先摧毁朝鲜，万历二十年（1592）一月，丰臣秀吉正式发布命令出征朝鲜。五月，日军十数万大军挥师越过对马岛，进犯朝鲜，攻陷王京（汉城），准备进一步侵略中国。朝鲜国王弃城北奔鸭绿江边义州，遣使向明廷求救。七月，神宗派副总兵祖承训率师援朝。

　　这场历史上著名的抗日援朝战争，历经七年时间，最后以中朝联军胜利而告终。

　　历史何其相似乃尔？三百余年后，这一幕又以另一种方式重演。

　　宁夏兵变事态日渐严重，朝廷天天在征兵选将，李贽也为此焦虑不已。浙江道监察御史梅国桢上疏，推荐李如松为总兵官，表示自己愿以御史监军。四月十七日，梅国桢获准以监军前往宁夏平叛。李贽听到这个消息，

"喜见眉睫"，走告刘东星，对平叛充满信心。

李贽对"西事"格外关注，又愤而写下《二十分识》和《因记往事》两篇文章，表达对"国事"和"人才"的迫切关心。

> 有二十分见识，便能成就得十分才，盖有此见识，则虽只有五六分才料，便成十分矣。
>
> 有二十分见识，便能使发得十分胆，盖识见既大，虽只有四五分胆，亦成十分去矣。是才与胆皆因识见而后充者也。空有其才而无其胆，则有所怯而不敢；空有其胆而无其才，则不过冥行妄作之人耳。盖才胆实由识而济，故天下唯识为难。有其识，则虽四五分才与胆，皆可建立而成事也。然天下又有因才而生胆者，有因胆而发才者，又未可以一概也。然则识也、才也、胆也，非但学道为然，举凡出世处世，治国治家，以至于平治天下，总不能舍此矣，故曰"智者不惑，仁者不忧，勇者不惧"。智即识，仁即才，勇即胆。蜀之谯周，以识胜者也。姜伯约以胆胜，而无识，故事不成而身死；费祎以才胜而识次之，故事亦未成而身死，此可以观英杰作用之大略矣。三者俱全，学道则有三教大圣人在，经世则有吕尚、管夷吾、张子房在。空山岑寂，长夜无声，偶论及此，亦

一快也。怀林在旁，起而问曰："和尚于此三者何缺？"余谓我有五分胆，三分才，二十分识，故处世仅仅得免于祸。若在参禅学道之辈，我有二十分胆，十分才，五分识，不敢比于释迦老子明矣。若出词为经，落笔惊人，我有二十分识，二十分才，二十分胆。呜呼！足矣，我安得不快乐！虽无可语者，而林能以是为问，亦是空谷足音也，安得而不快也！

在《因记往事》中，李贽更加愤慨地写道：

嗟乎！平居无事，只解打恭作揖，终日匡坐，同于泥塑，以为杂念不起，便是真实大圣大贤人矣。其稍学奸诈者，又搀入良知讲席，以阴博高官，一旦有警，则面面相觑，绝无人色，甚至互相推委，以为能明哲。盖因国家专用此等辈，故临时无人可用，又弃置此等辈有才有胆有识之者而不录，又从而弥缝禁锢之，以为必乱天下，则虽欲不作贼，其势自不可尔。

设国家能用之为郡守令尹，又何止足当胜兵三十万人已耶！又设用之为虎臣武将，则阃外之事可得专之，朝廷自然无四顾之忧矣。唯举世颠倒，故使豪杰抱不平之恨，英雄怀罔措之戚，直驱之使为盗也。余方以为痛恨，而大头巾乃以为戏；余方以为惭愧，而大头巾乃以为讥：天下何时太平乎？故因论及才识胆，遂复记忆前十余年之语。吁！必如林道乾，乃可谓有二十分才，二十分胆者也。

李贽在这篇文章中不惜笔墨称赞巨盗林道乾横行海上三十余年至今犹安然无恙，"其才识过人，胆气压乎群类"，"有二十分才，二十分胆"。他又说："设使以林道乾当郡守二千石之任，则虽海上再出一林道乾，亦决不敢肆，设以李卓老权替海上之林道乾，吾知此为郡守林道乾者，可不数日而杀李卓老，不用损一兵费一矢为也。……则谓之二十分识亦可也。"

如此狂妄之言，也只有李贽说得出来。

今天，我们已经很难想象李贽在当时的一言一行所引起的震荡，更难以想象他所遭受的来自方方面面的巨大压力。毫无疑问的是，不论是在思想道德、在知识建构，还是在公共舆论上，他都引发大明王朝前所未有的山崩地裂、山呼海啸。

五、不见舍利佛，复隐知是谁

万历十六年（1588）夏，大饥，黄梅农民刘汝国起义。

六月，苏州、松江等府大旱，太湖水涸。

九月，甘肃兵变。

十二月，吏科给事中李沂上疏，极言神宗贪财坏法。神宗震怒，将李沂廷杖六十，削职为民。

年底，工匠刘汝国领导农民起义，自称"顺天安民王"。

有明一朝，山崩地裂、山呼海啸时时浮现。这一年，格外不太平。

然而，这一年，对李贽来说，却是自得自重、收获满满的一年。他从维摩庵搬到芝佛院，生活变得简单、富足。春夏之间，李贽写成了他的《藏书》初稿，评说数千年历史，"颠倒千万世之是非"。袁中道在《李温陵传》中记录道："与僧无念、周友山、丘坦之、杨定见聚，闭门下键，日以读书为事。……所读书皆钞写为善本，东国之秘语，西方之灵文，《离骚》，马、班之篇，陶、谢、柳、杜之诗，下至稗官小说之奇，宋元名人之曲，雪藤丹笔，逐字雠校，肌襞理分，时出新意。其为文不阡不陌，摅其胸中之独见，精光凛凛，不可迫视。诗不多作，大有神境。"

这一年，还有一件事，一件今天看来小得不能再小的事，在当时却引起了轩然大波。

时令已是夏季，万历十六年麻城的夏天格外酷热。抄录完书稿，李贽派人专程送到南京请焦竑审阅并为之作序。完成了这件大事，李贽顿时觉得轻松许多。这个夏天，李贽以"有饭吃而受热，比空腹受热者"总好过些为理由，为暑热辩护，为自己解凉。可是完成了这件大事以后，他发现，毒日越发当空，溽热越发难耐。

这一日，李贽只觉得热得头皮发痒，浑身难受。汗臭蒸腾，头屑飞扬，这让李贽难以忍受。搔而复痒，痒而复搔，不胜其烦，李贽自觉秽不可当。他是个有洁癖的人，此情此景，更是难受。放眼望去，侍候他的无念和尚弟子在剃头，不禁眼睛一亮。李贽叫来侍者，命其为自己落发。

侍者手艺不凡，转瞬之间，李贽就剃了个干净利落的光头，自是凉快了许多，也痛快了许多。

李贽在《与曾继泉书》中谈到落发的原因：

> 其所以落发者，则因家中闲杂人等时时望我归去，又时时不远千里来迫我，以俗事强我，故我剃发以示不归，俗事亦决然不肯与理也。又此间无见识人多以异端目我，故我遂为异端以成彼竖子之名。兼此数者，陡然去发，非其心也。

李贽在给焦竑的复信中，也谈到了毅然落发的原因，那就是"今世俗子与一切假道学，共以异端目我，我谓不如遂为异端，免彼等以虚名加我，何如？"简单说来，就是——既然你们把我看作异端，我就索性做出异端的样子让你们看看！

落发之后，李贽反复总结自己落发原因，可见这在当时的的确确是一件天大的事。他说，自己落发的另一个原因是不愿受地方官的管束，他在《豫约·感慨平生》中写道，落发实在是不得已的事情：

> 缘我平生不爱属人管。夫人生出世，此身便属人管了。幼时不必言；从训蒙师时又不必言；既长而入学，即属师父与提学宗师管矣；入官，即为官管矣。弃官回家，即属本府本县公祖父母管矣。来而迎，去而送；出分金，摆酒席；出轴金，贺寿旦。一毫不谨，失其欢心；则祸患立至，其为管束至入木埋下土未已也，管束得更苦矣。我是以宁漂流四外，不归家也。其访友朋求知己之心虽切，然已亮天下无有知我者；只以不愿属人管一节，既弃官，又不肯回家，乃其本心实意。

李贽描述了一幅人们无不生活在枷锁之中的近乎恐怖的画面，而这些，恰恰又正是儒家仁义道德的基本内容。李贽断然落发，是他的"本心实意"，他虽然落发，却并未受戒，照样可以吃肉喝酒，照样可以用"本心实意"说些似乎是疯疯癫癫的真话。所以，他在这篇文章的结尾写道："故兼书四字，而后作客之意与不属管束之情畅然明白，然终不如落发出家之为愈。盖落发则虽麻城本地之人亦自不受父母管束，况别省之人哉！"

李贽落发的事情惊动了好朋友。袁中道在李贽落发的第二年见到了他，为他的形象大吃一惊，他认真记录下这件事道："岁己丑（万历十七年），余初见老子（李贽）于龙湖。时麻城二三友人俱在，老子秃头带须而出，一举手便就席。……余曰：'如先生者，发去须在，犹是剥落不尽。'老子曰：'吾宁有意剥落乎？去夏头热，吾手搔白发，秽不可当，偶见侍者方剥落，使试除之，除而快焉，遂以为常。'爰以手拂须，曰：'此物不碍，故得存耳。'众皆大笑而别。"任情适性，率意而为，这就是李贽。

李贽落发的事情不仅惊动了好友，还惊动了那些暗地里张开罗网伺机而动的人。从堂堂四品知府变成闹市中的一个狂禅，这简直是丑闻，简直是骇人听闻！

李贽又一次为旧势力所不容。数千年来，中国男人以长发盘于头顶。那个时候，长发有着特殊的象征意义，特别是男人，甚至把头发看得比生命还重要，头可断，发不可断。

知县邓鼎石亲自登门恳请李贽留发，他是如此情真意切，以至"泣涕甚哀"，他是一县之长，是父母官，有责任维护本地"风化"。为了说服李贽，邓鼎石甚至抬出他的老母亲，说此行是"奉母命"劝"李老伯"蓄发："你若说我乍闻此事，整整一天不吃饭，饭来也吞咽不下，李老伯必定会留发的。你若能劝得李老伯蓄发，我便说你是个真孝子，是个第一好官。"

可是，李贽不为所动。

他落发的原因是复杂的，面对他落发的外部环境更加复杂。然而，李贽不想因为重重压力退缩，将自己打扮成一个殉道者："则以年纪老大，不多时居人世故耳。"此话甚真。他既有任情适性不惹事不怕事的一面，也有深谋远虑计较利害的一面，终以余年不多，一无所求，决计豁出去老命一搏。

其实，李贽的所作所为与他的思想观念是密切联系的，这就是他的《童心说》。何为"童心"？李贽说：

> 夫童心者，真心也。若以童心为不可，是以真心为不可也。夫童心者，绝假纯真，最初一念之本心也。若失却童心，便失却真心；失却真心，便失却真人。人而非真，全不复有初矣。童子者，人之初也；童心者，心之初也。

李贽用他的"童心"来生活，便有了他的"任情适性"，落发自然。他将这种观念用在了文学思想上，便有了他的"标新立异"，自成一格。他在《童心说》中这样写道：

> 诗何必古选，文何必先秦，降而为六朝，变而为近体，又变而为传奇，变而为院本，为

杂剧，为《西厢曲》，为《水浒传》，为今之举子业，大贤言，圣人之道，皆古今至文，不可得而时势先后论也。故吾因是而有感于童心者之自文也，更说什么六经，更说什么《语》《孟》乎？

李贽有一个知识渊博、学养深厚的隐士朋友叫作周晖。李贽辞世八年后，周晖从其稿本《尚白斋客谈》中精选相关内容，编成了四卷本《金陵琐事》，记录了那个时代各种趣人趣事。他在《金陵琐事》中写道："（李贽）常云：'宇宙有五大部文章：汉有司马子长《史记》，唐有杜子美集，宋有苏子瞻集，元有施耐庵《水浒传》，明有李献吉集。'余谓：'《弇州山人四部稿》更较弘博。'卓吾曰：'不如献吉之古。'"

李贽认为，天下有五大名著，分别是司马迁的《史记》、杜甫的诗集、苏东坡的文集、施耐庵的《水浒传》、明朝李梦阳的诗文集，他将此并称为"五大"。

以此"童心"而论古人文章，李贽极为推崇苏轼。他在给焦竑的《复焦弱侯》一文中说："苏长公何如人，故其文章自然惊天动地。世人不知，只以文章称之，不知文章直彼余事耳，世未有人不能卓立而能文章垂不朽者。"从前，人们只会夸东坡文章写得惊天动地，其实他们不知道，与文章相比，苏东坡其人更是卓然不群。只有顶天立地的人物，才能写出来永垂不朽的文章。

更有意思的是，李贽把历史上的大诗人分成"狂者"和"狷者"两类，且引一段如下：

> 李谪仙、王摩诘，诗人之狂也；杜子美、孟浩然，诗人之狷也。韩退之文之狷，柳宗元文之狂，是又不可不知也。汉氏两司马，一在前可称狂，一在后可称狷。狂者不轨于道，而狷者几圣矣。

李贽还把苏轼和苏辙两兄弟分为了两类，他认为苏轼是"狂者"，而苏辙是"狷者"。李贽推崇杜甫，他认为杜甫有真性情，并且说杜甫的人格比其诗更好。当年李贽在杜陵池畔写过《南池二首》：

> 济漯相将日暮时，此间乃有杜陵池。
> 三春花鸟犹堪赏，千古文章只自知。
>
> 水入南池读古碑，任城为客此何时。
> 从前祗为作诗苦，留得惊人杜甫诗。

李贽把杜甫的诗视之为千古文章，并且以"惊人"来形容杜甫的诗作，可见其对杜甫是何等的夸赞。同时他还认为古人中只有谢灵运、李白和苏轼能够称为"风流人物"，他在《藏书·苏轼》中写道："古今风流，宋有子瞻，唐有太白，晋有东山，本无几也。必如三子，始可称人龙，始可称国士，始可称万夫之雄。用之则为虎，措国家于磐石；不用则为祥麟，为威凤。天下后世，但有悲伤感叹悔不与之同时者耳。孰谓风流容易耶？"这三人，真可谓"人中龙"。

人是不是总会活成自己偶像的样子？此时的李贽，也许不会想到，短短五年之后，他将要与朋友们在麻城有一场惊天动地的"龙湖雅集"，在群星璀璨、酣畅淋漓的夜晚，他们纵评天下，臧否古今。他更不会知道，在他身后的某一天，袁中道在《跋李氏遗书》中写了一句掷地有声的话："卓吾李先生，今之子瞻也。"

袁中道将李贽与苏东坡做了全面的比较，得出结论："才与趣，不及子瞻；而识力、胆力，不啻过之。"

李贽虽然有"童心"，逼视道貌岸然的虚伪，欣赏返璞归真的朴拙，但是以他的智慧和聪敏，他也有看透人生的一面，他在《评三国志演义》中称：

曹家戏文方完，刘家戏子又上场矣，真可发一大笑也。虽然，自开辟以来，那一处不是戏场？那一人不是戏子？那一事不是戏文？并我今日批评《三国志》亦是戏文内一出也。呵呵！

戏如人生，人生如戏，所以一切都用不着认真。所以不难理解他落发之后，何以一如既往喝酒吃肉。这就是李贽的"童心"。于是，他在《焚书》中感慨："出家为何？为求出世也。"

由此，琼州守周思久评价李贽和耿定理："天台重名教，卓吾识真机。"天台指的是耿定理，卓吾自然是李贽。周思久解释说，"重名教"就是"以继往开来为重"，"识真机"就是"以任真自得为趣"。

不管怎样，李贽落发后的心情是复杂的，却也是平静的，宛如一场暴风雨过后，大地一片安宁，万物一片安详。可是，这安静的背后，焉知不是又一场暴风雨即将来临？

七、歌罢击唾壶，旁人说狂夫

最令人不解的是，姚安知府李贽在官运亨通的时候决定辞官。

李贽的生命里，也许注定了一场暴风雨接着另一场暴风雨。

第一场暴风雨是什么时候开始的？李贽已经不记得了。可是，让历史刻骨铭心的那场暴风雨，发生在万历八年（1580）的春天。

三月，李贽在云南姚安府的任期即将满三年。再稍待一些时日，他即可有望升迁。官场的秘诀就是一个字——"熬"，熬过了山重水复，就迎来了柳暗花明，最终将抵达前程似锦。这个时候，全中国的官吏加起来还不到两万人，李贽已经是四品知府，像他这样四品以上的官员不足五千人，可谓凤毛麟角。在平常人眼里，跻身这样的群体，是多么荣耀、多么尊贵啊！

初春的滇北，已是春意盎然。奔放不羁的九重葛开遍山野，五彩缤纷的虞美人高傲圣洁，晚风吹拂，残霞似血。

李贽身穿粗布便衣，在姚安府衙署庭院的小路上，焦虑地踱步。此时，他站在生命的十字路口，未来的路该怎么走？他有两个选择——顺着原来的路安然走下去，是高官厚禄、光宗耀祖，也是卑躬屈膝、放弃自我；转身离开，走向自由自在、无拘无束的世界，迎来的是随心所欲，却也可能走向清贫、苦难、凶险，甚至死亡。他时而彷徨，时而坚定，时而蹙眉沉思，时而果决坚毅。

自出仕以来，迭经世事变故，如今已是知天命之年，可是，天命何在？对清议辩学，与众人相左，就已经危险重重；见于之行，施之于政，与上官衙门尽相违逆，就更加巢幕游釜，祸变莫测。

况且，朝廷如今的制度有个不成文的规定：非进士出身不入翰林院，非翰林院士不入内阁。李贽不过是举人出身，纵然"既有大才，又能不避祸害，身当其任，勇以行之，而不得一第，则无凭，虽惜才，其如之何！"加之，"才有巨细，巨才方可称才也。有巨才矣，而肯任事者尤难"。如李贽这般千里马，又从不见所谓伯乐，如此这般，徒唤奈何！

在递交这份辞呈之前，他再三权衡，这决定是否明智。往事一幕幕闪现，让他心痛不已。云南地方官吏至今提起云南布政使徐樾之死，仍让他齿寒心凉。徐樾年轻时即追随王阳明的心学。王阳明的弟子、泰州学派创始人王艮对徐樾极为欣赏，曾对内人说："彼五子乃尔所生，是儿乃我所生。"将徐樾视为亲生。王艮考察徐樾前后达十一年之久，逝世前授徐樾以大成之学。可是，如此这般天降大任之才，却死于非命。嘉靖年间，元江府土舍那鉴杀土知府那宪，攻州劫县，诱杀了前往议降的徐樾，姚安土官高鹄往救时亦战死，世宗兴兵讨伐不克，便允许那鉴纳象赎罪。时人作歌谣唱道："可怜二品承宣使，只值元江象八条。"如徐樾者，不过如此，人在乱世，犹能奈何？行路难！行路难！多歧路，今安在？

历尽万般红尘劫，犹如寒风再拂面。

李贽下定决心，不再犹豫。这天，正值侍御刘维巡按楚雄，李贽谢却簿书，封了府库，携家离开姚安到楚雄去见刘维，"乞侍公一言以去"，要求刘维批准他辞官退休。

刘维却不同意："姚安守，贤者也。贤者而去之，吾不忍。非所以为国，不可以为风，吾不敢以为言。即欲去，不两月，所为上其绩而一荣名终也，不其无恨于李君乎？"

李贽回答："非其任而居之，是旷官也，贽不敢也。

需满以幸恩，是贪荣也，贽不为也。名声闻于朝也，而去之，说钓名也，贽不能也。去即去耳，何能顾其他？"

刘维坚持不允。

既如此，执拗的李贽独自去了大理的鸡足山，在那里静静地读佛经。

李贽去意已决，刘维知道已经难以挽回，便将他的辞呈上交朝廷，终获批准，得致其仕。此时，已是七月。

李贽得知，如释重负，他性爱山水，在云南的奇山异水中肆意地徜徉数月，尽览滇中之胜。浮世万千，繁花落尽，可是，李贽的心中却依然有花开花落的声音。一朵，一朵，又一朵，在无人的山间静静开放、轻轻飘落。

有客开青眼，无人问落花。暖风熏细草，凉月照晴沙。

万历九年（1581）春，李贽由云南而至四川，买舟东下，直奔湖广黄安。

很多年后，李贽追忆这段往事说，他总是与顶头上司发生矛盾，甚至发生冲突。他之所以弃官而去，本质上是他"不愿受人管束""居官怕束缚"的缘故。云南巡抚王凝是个下流之辈，不足以为道，李贽与他顶顶撞撞，势在必行，理所必至。然而，李贽的另一位顶头上司骆守道，与李贽最为相知。这个人有水平，有能力，有操守，文章也写得不错，而且踏实能干。但是，李贽终不免与他发生了冲突，李贽总结说，原因就在于：

"渠（骆守道）过于刻厉，故不免成触也。渠初以我为清苦敬我，终反以我为无用而作意害我，则知有己而不知有人，今古之号为大贤君子，往往然也。"

李贽信奉的是佛老之治，他对当时官场的"君子之治"相当反感，这是他不为世间所容的根本原因。而他之所以有"归老名山"的想法，与他的出身和经历有着极大的关联。李贽曾写道："独余连生四男三女，惟留一女在耳。……惟此一件人生大事未能明了，心下时时烦懑，故遂弃官入楚，事善知识以求少得。"辞官这年，李贽已经五十三岁，他的妻子黄宜人也是个淡泊名利、甘守贫困的人，她愿与他一道同隐深山，支持他辞官回家。很多年后，黄宜人辞世，耿定力在为她作的墓表中讲述了这段故事："卓吾艾年拔绂，家无田宅，俸余仅仅供朝夕。宜人甘贫，约同隐深山。"有此贤妻拔绂相助，与他相依为命，这也是李贽的福气吧。可是，"冀缺与梁鸿，何人可比踪。丈夫志四海，恨汝不能从"。李贽一生含辛茹苦，四海为家，抛头颅洒热血亦在所不惜，却独对妻子有着亏欠。

李贽辞官这年的早些时候，巡按刘维报请上司奖励群吏，李贽为姚州知府罗琪写作《论政篇》，表达他的政治理念。在这篇文章中，他坚决反对"本诸身"的"君子之治"，提倡"因乎人""因性牖民"的"至人之治"。李贽认为，一切有条教之繁和刑法之施，有智愚贤不肖之别和君子小人之分，导民使争的，都是"君子之治"的恶果。而"至人之治"则不然,"因其政不易其俗,顺其性不拂其能",无须求新知于耳目,也无须加之以桎梏,"恒顺于民",社会自然可以治理得很好。因于这种理念,李贽治姚安三年,"一切持简易,任自然",就是这种理论的具体实践。

这篇《论政篇》,引发了骆守道的极大憎恶和反对。他迅速写出了《续论政篇》与李贽辩争:"使君儒者而尤好佛老,宜其说如此,无语刺史素不谙佛老说,礼乐刑政,未敢以桎梏视之也。"信仰之异催生了人性之恶。

李贽说,自己不能像汉朝的东方朔那样含垢忍辱、游戏仕途,又不能做到中庸之道、八面玲珑,所以为官二十余年,"贪禄而不能忍诟其得免于虎口,亦天之幸耳!"所以,这官是决然不能做下去了。

回想三年前,李贽初来姚安,但见承历代之乱、当兵事之后的边塞,满目疮痍,哀鸿遍野。面对贫瘠的土地、凋敝的民生、惊慌失措的百姓,李贽将他的施政纲领放在了一个字上:宽。至道无为,至治无声,至教无言。此时此刻,他想到的是尚宽大、务简易、循自然、不治而治、休生养息。从这样的观念出发,李贽在姚安府任上,"律设大法,礼顺人情",尽可能息事宁人,化干戈为玉帛,让边塞的各民族百姓和睦相处,宽厚安定。

如此这般,姚安终于有了宝贵的三年时间。这三年里,百姓休生养息,地方局势稳定,军民各安其业。

回顾在云南为官的经历,李贽最怀念当时在云南任洱海道佥事的顾养谦。顾养谦是南直隶通州（今江苏南通）人，比李贽小十岁。万历六年（1578），顾养谦调任云南佥事，与李贽相识。当时，李贽正在与云南巡抚王凝、参政骆守道发生冲突，以致云南的官场里，无人不痛斥李贽、无人敢搭理李贽的时候，作为李贽直接上司的顾养谦，却不顾一切与李贽成为挚友，给李贽以最大的安慰和支持。这些支持如此重要，以至王凝、骆守道企图加害李贽的阴谋最终流产。

朝廷批准李贽辞官的消息传出，顾养谦正在北京。听到此事，他立即动身，赶赴云南，一路打听李贽的行踪，希望能在李贽向东行进的道路上与他相会。这种深厚的友谊在等级森严的官场，非常难得，也让李贽终身难忘。直到生命的最后一刻，李贽仍然对顾养谦充满感激。李贽辞世之前，他曾经在给顾养谦的信中，无比感激地写道："其并时诸上官，又谁是不恶我者？非公则其为滇中人，终不复出矣。"在另一封信中，他写道："求师访友，未尝置怀，而第一念实在通海。"通海就是南通，是顾养谦的家乡。

李贽写给顾养谦的信，是他心迹的真实体现。他在云南官场的处境可谓相当险恶，如果不是顾养谦的帮助，他真可能生死未卜，因为他得罪的是云南巡抚和云南参政。因为有了顾养谦的帮助，他才得以从险境中脱身，而且还有了升官的机会。可是，李贽厌恶了这一切，这一次却坚决不干了。

李贽为人，清廉简朴，狷介疏狂，爱憎分明。他在姚安府三年，姚安大治，而他自己，"禄俸之外，了无长物"，深得百姓爱戴。此番离开姚安，老百姓对他恋恋不舍，"士民攀卧道间，车不得发。车中仅图书数卷。巡按刘维及藩臬两司汇集当时士绅名人赠言为《高尚册》，以彰其志。佥事都御史顾养谦亦撰序以赠"。清贫如李贽者，仅有一车书卷相随，这已是他生命中最大的财富了。

李贽的好朋友方沆写作《送李卓吾致仕归里》三首，道尽李贽其人其志其事。其中一首道："歌罢当尊击唾壶，旁人指点说狂夫。休言离别寻常事，万古乾坤一事无。"

然而，并不是所有的人都夹道欢送，那些王凝、骆守道等伺机猎杀李贽的人早就虎视眈眈、暗藏杀机了。穿越五百年的时光，这股杀气至今未散。

可是，李贽义无反顾地走了。他要把所有的白日还给太阳，把所有的夜晚还给星河，把所有的春光还给绿野，把所有的肃杀还给昨天，期待明天——

胸中藏丘壑，笔下有山河。

八、听政有余闲，做官无别物

李贽幼年丧母，很小的时候就随父亲辗转于大海之上，颠沛流离中勉强糊口。七岁的时候，李贽开始随父亲读书歌诗，学习礼文。父亲名钟秀，号白斋。白斋先生是位有名的塾师，李贽在文中称："吾大人何如人哉？身长七尺，目不苟视，虽至贫，辄时时脱吾董母太宜人簪珥以急朋友之婚，吾董母不禁也。此岂可以世俗胸腹窥测而预贺之哉！"白斋先生闲暇时，便送李贽到训蒙之馆读书，李贽聪慧好学，每学必有斩获。

嘉靖十七年（1538），十二岁的李贽写出了《老农老圃论》，不满孔子对学生樊迟问农事的指责，把孔子视种田人为"小人"的言论大大挖苦了一番，轰动乡里。《卓吾论略》记载：

年十二，试《老农老圃论》，居士曰："吾时已知樊迟之问，在荷蓧丈人间。然而上大人丘乙已不忍也，故曰'小人哉，樊须也'。则可知矣。"论成，遂为同学所称。众谓"白斋公有子矣"。居士曰："吾时虽幼，早已知如此臆说未足为吾大人有子贺，且彼贺意亦太鄙浅，不合于理。彼谓吾利口能言，至长大或能作文词，博夺人间富与贵，以救贱贫耳，不知吾大人不为也。吾大人何如人哉？身长七尺，目不苟视，虽至贫，辄时时脱吾董母太宜人簪珥以急朋友之婚，吾董母不禁也。此岂可以世俗胸腹窥测而预贺之哉！"

十二岁的孩子，能写出这样有见地的文章，实属不易。这篇习作，得到了父亲的赞扬，亲友们也纷纷祝贺李贽父亲："白斋公有子矣!"泉州，海上丝绸之路的起点，马可·波罗笔下的刺桐城，它的包容、开放、文明、进步，白斋先生坦荡的胸怀、自由的意志、乐善好施的精神，都给李贽以人生宝贵的启蒙。李贽晚年回忆自己幼时性格，说道："余自幼倔强难化，不信学，不信道，不信仙、释，故见道人则恶，见僧则恶，见道学先生则尤恶。"

青年时代的李贽，"糊口四方，靡日不遂时事奔走"。他"糊口四方"的地点和职业今天已经无从考证。二十一岁，李贽迎娶十五岁的黄宜人，妻子温厚、贤惠。

二十六岁，李贽参加福建乡试，中黄昇耀榜举人。次年春，李贽在京参加会试，不第而归。三年后，李贽又在北京参加会试，再次不第而归。尽管如此，李贽却对科举制度充满厌恶。《卓吾论略》记载：

> 稍长，复愤愤，读传注不省，不能契朱夫子深心。因自怪。欲弃置不事。而闲甚，无以消岁日。乃叹曰："此直戏耳。但剽窃得滥目足矣，主司岂一一能通孔圣精蕴者耶!"因取时文尖新可爱玩者，日诵数篇，临场得五百。题旨下，但作缮写眷录生，即高中矣。

这一年，李贽已经三十岁，而立之年，他厌倦了八股文章、科举制度，于是向吏部提出申请，就任河南卫辉府教谕：

> 吾初意乞一官，得江南便地，不意走共城万里，反遗父忧。虽然，共城，宋李之才宦游地也，有邵尧夫安乐窝在焉。尧夫居洛，不远千里就之才问道。吾父子倘亦闻道于此，虽万里可也。且闻邵氏苦志参学，晚而有得，乃归洛，始婚娶，亦既四十矣。使其不闻道，则终身不娶也。余年二十九而丧长子，且甚戚。夫不戚戚于道之谋，而惟情是念，视康节不益愧乎！

他将这段经历记录为"丐食于卫"：

> 某生于闽，长于海，丐食于卫，就学于燕。

李贽的青年时代几乎无可记录，三十三岁升南京国子监博士，到任数月，即丁父忧，守制东归。五年后，任北京国子监博士。这时，正逢河南大旱，管理河槽的官员因勒索财物不遂，竟挟恨把所有泉水引入河槽，不许百姓灌溉。他安置在河南的家眷遭遇灾难，他的两个儿子两个女儿相继病死。他在卫辉写了不少诗，从中可以一窥他的心境：

> 世事何纷纷，教予不欲闻。
> 出郊聊纵目，双塔在孤云。
> 雨过山头见，天晴日未曛。
> 骑驴觅短策，对酒好论文。

"觅短策""好论文"的李贽开始接触王明阳的著作，他从小就不满于朱熹的传注，因而更加同情于王明阳的易简工夫："乃知得道真人不死，实与真佛、真仙同，虽倔强，不得不信之矣。"李贽在礼部司务任上，因一次生活经历，受饥而望食道启发，认识到对孔、老之学不存在选择谁的问题，于是"自此专治《老子》"，并经常读北宋苏辙所注《老子解》。专治《老子》和崇信《金刚经》及广泛听取各学者讲学，这便是后来李贽所说的"就学于燕"。

在北京礼部任职的五年中，李贽"不愿受人管束""居官怕束缚"的个性开始崭露，这令他与上司时有矛盾和抵触，"司礼曹务，即与高尚书、殷尚书、王侍郎、万侍郎尽触也。高殷皆入阁……高之扫除少年英俊名进士无数矣，独我以触迕得全，高矣人杰哉！"

高尚书，即高仪，嘉靖四十五年任礼部尚书，至隆庆二年致仕，隆庆六年诏兼文渊阁大学士入阁。殷尚书，即殷士儋，隆庆二年任礼部尚书，隆庆四年入阁。王侍郎，即王希烈，隆庆二年任右侍郎，隆庆四年转礼部左侍郎。万侍郎，即万士和，隆庆二年任右侍郎，同年转左侍郎。尚书、侍郎，是礼部的最高长官，李贽与他们都有抵触，抵触后还能对他们给予很高的评价，说明了他的任性，也说明了他的坦荡。性格就是命运，李贽的经历再次证明了这个真理。

隆庆五年（1571），李贽转任南京刑部员外郎。正是在南京，他认识了耿定理，他们相见恨晚，遂成至交。也是因为耿定理，李贽又结识了耿定理的兄长耿定向，从此开始了被天罗地网追捕和构陷的生活。

也是在南京，李贽接触到泰州学派，并开始从事著作。这一年，李贽已经四十八岁，他也许还不知道，他真正的人生即将开启。

万历四年（1576），李贽就任南京刑部郎中。这一年，李贽五十岁，人生到达知天命之年，他想对自己做一个深刻的回顾，写下了《圣教小引》：

> 余自幼读《圣教》不知圣教，尊孔子不知孔夫子何自可尊，所谓矮子观场，随人说研，和声而已。是余五十以前真一犬也，因前犬吠形，亦随而吠之。若问以吠声之故，正好哑然

自笑也已。五十以后，大衰欲死，因得友朋劝诲，翻阅贝经，幸于生死之原窥见斑点，乃复研究《学》《庸》要旨，知其宗实，集为《道古》一录。于是遂从治《易》者读《易》三年，竭昼夜力，复有六十四卦《易因》镂刻行世。

呜呼！余今日知吾夫子矣，不吠声矣；向作矮子，至老遂为长人矣。虽余志气可取，然师友之功安可诬耶！既自谓知圣，故亦欲与释子辈共之，盖推向者友朋之心以及释子，使知其万古一道，无二无别，真有如我太祖高皇帝所刊示者，已详载于《三教品刻》中矣。

夫释子既不可不知，况杨生定见专心致志以学夫子者耶！幸相与勉之！果有定见，则参前倚衡，皆见夫子；忠信笃敬，行乎蛮貊决矣，而又何患于楚乎？

李贽将五十岁作为人生的一个重要转折点，"余五十以前真一犬也"，五十岁以前的生活就是一条狗啊！他的思想观念在这一年都发生了翻天覆地的变化，他对传统、对历史进行了更深刻的剖析，他的深刻思考引发了晚明社会思想的巨大变革，这巨大变革一直延伸到今天，犹有回响。

万历五年（1577），李贽由南京刑部郎中出任云南姚安府知府。又是一个春天——或许是命中注定，李贽总是在春天启程，又在春天辞别。这次，李贽携妻将子取道湖广，一路南行，准备开启一段新的生活。他在楚地流连忘返，这里与他深相契合，此时，他已经有寓安之意。

三年之后，他将以另一种心情，返回这里，这个让他又爱又恨的麻城。

九、天台重名教，卓吾识真机

嘉靖六年（1527）十月二十六日凌晨，滨海古城泉州。

一阵鞭炮将四邻八乡惊醒。

原来，这家昨晚添了一件大喜事——长房长孙呱呱坠地。这家的父亲是秀才兼塾师白斋先生林钟秀，这个孩子就是李贽。

李贽原名林载贽，考入秀才入泉州府学后，归宗李姓，为回避明穆宗朱载垕名讳，李载贽改为李贽。

谁也不会想到，这个孩子日后将因其桀骜不驯的性格、离经叛道的才华而饱受争议，被视为"明朝第一思想犯"。谁也不会想到，这个自甘"堕落"的孩子、这个被时代放逐的"异端"，其实怀抱着惊世骇俗的文化理想和道德判断，并终将成为名震华夏的一代宗师。

夜里一场霜冻陡降，满塘秋荷顷刻间残败枯索。又是异木棉最绚烂的花季了，千手岩、碧霄岩上的枫叶鲜艳如血，远远望去，像一片片晚霞。栾树的果实渐渐由青转黄，又由黄转红，那深绿的树叶簇拥着青黄红的累累硕果。

五个世纪光影转换，当年泉州府晋江县南门外的浯江祖居，变成了今天的泉州市鲤城区万寿路 123 号。高高的院墙阻隔了外面的热闹和喧嚣，五个世纪似乎从未老去，高墙外是车水马龙、红尘万丈，高墙内是绿荫环绕的素朴庭院，有谁还记得这道大门里曾经发生过的翻天覆地的一切？

庭院后面那条清清浅浅的小河，河水淙淙，河里的鱼儿欢快地畅游。时光倒转，仿佛一切都未曾远逝，往事尽在眼前。

泉州，背靠巍峨的武夷山，面向着辽阔的东海，滔滔晋江从小城的西北流向东南，绕过古城流入泉州湾，成就了这个得天独厚的天然良港。

自唐代始，泉州就是中国的对外通商口岸，海上丝绸之路从这里开启。唐太宗继位后，对州、县大加并省，并依据山河形势、地理区域分全国为十道，丰州（治所在今泉州）、泉州（治所在今福州）、建州（治所在今建瓯）同属岭南道。海市的便利、人丁的兴旺、商业的繁荣，使得泉州成为名副其实的国际化大都市，在这里，不同文化背景、不同宗教信仰、不同民俗习惯的人互敬互爱，许许多多波斯商人在这里繁衍生息，许许多多摩尼教徒和伊斯兰教徒和平共处。

唐僖宗光启年间，李氏人家逃离河南光州固始，跋涉至闽南避乱。尽管大海风波莫测，经商盈亏难定，李氏家族仍以不畏艰险的姿态履危蹈险，出生入死，此后祖祖辈辈定居泉州，靠海为生。终元之世而迄明初，李氏跃为泉州巨贾。自李贽上溯，第八代祖李闾承借先人蓄积之资，尝以客航泛海外诸国。李贽第七代祖李弩，壮年时航吴泛赵，亦是商界巨子。

明洪武十七年，李弩被征为官商航行西洋，途中遭遇"忽鲁谟斯"（伊朗）纷争，被困于异国他乡，只好皈依伊斯兰教，并在当地娶色目人女奴成家。这就是为什么李贽有阿拉伯血统和伊斯兰教文化背景的原因。明朝光绪年间编写的《荣山李氏族谱》中写道，林弩"奉命发舟西洋，娶色目人，遂习其俗，终身不革，今子孙繁衍，犹不去其异教"。此后，李弩历尽千辛万苦携家眷归国。为免受歧视，李弩改姓"李"为"林"。

李贽六世祖林仙保通晓外语，被录为"通事"（翻译官），后不乐随侍官差，于广东经商。五世祖林恭惠，亦通晓外语，被荐为"通事"伴引日本诸国使者入贡京师。然而，如此非官非吏不得承接祖上家业，家道由此一蹶不振。至四世祖即曾祖父，家业衰败，举家沦落为平民，以致曾祖父母死后五十多年无钱入土落葬。李贽的祖父竹轩林公总结几代家史，明白"士农工商"是中国不可突破的阶层痼疾，"商"只能居于末位，而要儿子也就是李贽的父亲白斋林钟秀改习"学而优则仕"的正途。

这就是大明王朝一个南方家族的生存和繁衍。世世代代为生计的辛苦奔忙，将他们修炼成"航海世家"。蔚蓝色的大海给予了这个家族超拔雄健的力量、无与伦比的想象。李贽从祖祖辈辈那里了解到的中国国情，也许比他在学堂、庙堂里受到的所有教育和教化更真实、更深刻。

这一年，是明世宗嘉靖六年，丁亥之岁。

如果我们放眼看，还可以看到更多。这一年，是张居正十年改革失败的二十周年。这一年，在遥远的西方，哥白尼出版《天体运行论》，西班牙和神圣罗马帝国军队攻入罗马，灿若云霞的文艺复兴就此终结。

四十年后，历史上第一次成功的资产阶级革命——尼德兰革命在遥远的西方爆发；明朝蓟州镇总兵戚继光率官兵完成蓟、昌两镇一千二百多里长城加固改造工程，加筑一千四百八十九座空心敌台，边备整饬一新，雄心勃勃地准备将敌人挡在关外。

如果我们将眼光再放远点，可以看到那个时代更多上上下下罔顾的事实——

万历二十六年（1598），宦官陈增监山东矿税，凿山民夫多死，又逮及代纳税款稍缓的吏民，民众大哗。

万历二十七年（1599），临清民变，聚众四千，驱逐税监马堂，毙其爪牙三十七人；沙市和黄州团风镇民众轰走税监陈奉的徒党；武昌、汉阳一万人，反对湖广税监陈奉，发生武昌民变、汉阳民变。

万历二十八年（1600），京畿兵民苦于连年旱灾、矿税，群起而盗；浙江流民结党，伺机举旗造反。

万历二十九年（1601），武昌民众数万人围攻税监陈奉官舍，投其徒党十六人于长江；苏州市民包围税监衙门，乱石打死税使孙隆大参随黄建节，焚毁帮凶汤华大居室。

万历三十年（1602），腾越（今腾冲）人民暴动，他们不胜税监杨荣之肆虐，遂愤而烧厂房，杀官吏；两广以矿税害民，激起民变，言官请罢矿使，神宗不理。

因缺乏张居正这样的贤士应对督导，加之国本之争等问题，神宗倦于朝政，越发荒于政事。李贽辞世的第二年——万历三十一年（1603），神宗诏谕洛阳老君山为"天下名山"。自此不再上朝，累二十多年，国家运转几乎停摆。明神宗执政晚期，付万事于不理，导致朝政日益腐败，百官不修职业，内外多变，政以贿成。

朝廷党争趋于白热化，逐渐形成两大政治派别：一派是由京、宣、昆、齐、楚、浙等地方宦官、王公、勋戚、权臣组成的联合阵营，他们坚持维护秩序，努力延续正统，坚持国家大义，固守传统伦理；一派是以江南士大夫为主的东林党，他们讽议朝政，评论官吏，廉正奉公，振兴吏治，开放言路，革除朝野积弊，反对权贵贪纵枉法。

政争、党争无处不在，从小到大，从暗到明，从分散到聚集，从观念到日常，从政治主张到生活态度——于是，国本案、梃击案、红丸案、移宫案、京蔡案……一件小得不能再小的事情，都会演变成一件又一件天大的事情，整个国家被裹挟着，像滚雪球一样身不由己滚下坡去。

万历四十二年（1614），福州万余人，抗议恶税，终致福州民变。

万历四十七年（1619），明军在萨尔浒之战中被努尔哈赤击溃，从此明朝在辽东的控制陷于崩溃。

万历四十八年（1620）七月二十一日，神宗驾崩，终年五十八岁，庙号神宗，谥号范天合道哲肃敦简光文章武安仁止孝显皇帝，葬十三陵之定陵。

神宗逝后，长子朱常洛继位。仅仅二十四年后，历光宗、熹宗、思宗三帝，大明王朝灭亡。

大明王朝行至此时，已经两百七十七年了。或许，命运的拐点便是王朝的终点，街坊里巷无处不萦绕着末日气象——暮霭沉沉取代了朝气蓬勃；开国时的"天子守国门，君王死社稷"，变成了"昨日到城郭，归来泪满襟。遍身女衣者，尽是读书人"；从前鲜衣怒马、饱读诗书、治家安国的读书人，变成了脂粉罗裙、寻花问柳、行为乖张的花间男儿；党争与私仇夹杂于宫廷政治，处处是以邻为壑、党同伐异，动不动便连坐罪死者无数，不论是朝廷还是民间，邀名取誉，相互攻讦，高度撕裂，突破下限。

历史上，有"秦以任刀笔之吏而亡天下"之说。明朝刀笔之吏亦为天下大害。谢肇淛在《五杂俎》中说："从来仕宦法网之密无如今者，上自宰辅，下至驿递、巡宰，莫不以虚文相酬应。而京官犹可，外吏则愈甚矣。大抵官不留意政事，一切付之胥曹。而胥曹之所奉行者，不过以往之旧牍、历年之成规，不敢分毫逾越。而上之人既以是责下，则下之人亦不得不以故事虚文应之。一有不应，则上之胥曹又承隙而绳以法也。"

神州板荡，宗社丘墟。国将不国，败象渐露。

这一年，距李贽割颈自刎，已经过去四十二年了。

魂魄已化为袅袅青烟的李贽不会知道，他逝后第十四年——万历四十四年（1616），就在明王朝内部纷斗不已、党争日趋激烈之时，关外的白山黑水之间，一支叫作女真的部落正在成长壮大。这一年，一个叫作努尔哈赤的部落首领在赫图阿拉称汗建元天命，国号大金。

努尔哈赤卧薪尝胆，窥伺中原，二十年后，势如破竹，一举入关。

再向前回溯至嘉靖六年。仲秋的一天，泉州一个普普通通的院子里，一声啼哭打破了清晨的宁静。

鞭炮噼里啪啦炸响，浓郁的硫黄味道飘浮在空中。祝福纳吉声中，谁也不会想到，这个孩子的一生将是个悲剧。他以极其刚烈的方式出生，又以更加暴烈的方式辞世，他在千古流芳的作品——《焚书》《藏书》《续焚书》《续藏书》中，将人们供奉了几千年的圣人拉下圣坛，将人们遵守了几千年的道德准则放在审判台上。在他死后，他的著作被列为禁书，全部被烧毁。《明史》没有为李贽立传，只是在他相爱相杀的死敌耿定向的传记中提及他。时至今天，耿定向早已在浩瀚的历史里化为尘烟，每每被提及，也只有在李贽的传记中。世界如此荒谬，令人啼笑皆非。假若李贽地下有知，他又该怎样评价这荒谬至极的世界？

李贽的一生，与大明王朝紧密相连。李贽明白这一切，更鄙夷这一切。他在《自赞》一文中，毫不谦虚也毫不掩饰地说：

其性褊急，其色矜高，其词鄙俗，其心狂痴，其行率易，其交寡而面见亲热。其与人也，好求其过，而不悦其所长；其恶人也，既绝其人，又终身欲害其人。志在温饱，而自谓伯夷、叔齐；质本齐人，而自谓饱道饫德。分明一介不与，而以有莘借口；分明毫毛不拔，而谓杨朱贼仁。动与物连，口与心违。其人如此，乡人皆恶之矣。昔子贡问夫子曰："乡人皆恶之何如？"子曰："未可也。"若居士，其可乎哉！

毁李贽者几多？知李贽者几何？恨他的人恨得咬牙切齿，爱他的人爱得刻骨铭心。

因创办东林学院而被称为"东林先生"的顾宪成，或许知道一二。李贽逝后，对于这个"性褊急""色矜高""词鄙俗""心狂痴""行率易""交寡而面见亲热"的狂人，他坚持送上他的狼牙棒："李卓吾大抵是人之非，非人之是，又以成败为是非而已。学术到此，真是涂炭，惟有仰屋窃叹而已！如何如何！"

袁中道则在《李温陵传》中对李贽极尽赞美："……骨坚金石，气薄云天；言有触而必吐，意无往而不伸。排拓胜己，跌宕王公，孔文举调魏武若稚子，嵇叔夜视钟会如奴隶。鸟巢可复，不改其凤味，鸾翮可铩，不驯其龙性，斯所由焚芝锄蕙，衔刀若卢者也。嗟乎！才太高，气太豪……"

更有肝胆相照如马经纶者。李贽落难麻城，马经纶冒着风雪，长途跋涉三千里，赶赴湖北黄柏山中救援。

李贽入狱，马经纶除千方百计设法照料他，还上书有司，为他辩诬，替他申辩，"平生未尝自立一门户，自设一藩篱，自开一宗派，自创一科条，亦未尝抗颜登坛，收一人为门弟子"。

听闻李贽狱中自刎的消息，马经纶悲愤至极，顿足捶胸，连声呼号：

> 天乎！天乎！天乎！先生妖人哉！有官弃官，有家弃家，有发弃发，其后一著书学究，其前一廉二千石也。

真正的诗人在做梦的时候也是清醒的。漫游在理想国的圣林里，他会沿着思念走回故乡。可是，李贽回不去他的故乡了。李贽死后，马经纶将他的遗骸葬于通县北门外迎福寺侧，在坟上建造了精美的浮屠。

"李贽的悲剧不仅属于个人，也属于他所生活的时代。"李贽辞世三百八十余年后，学者黄仁宇创作了别具一格的《万历十五年》，试图从中找到一个大明王朝从兴盛走向衰颓的原因，乃至整个中国古代社会成功和失败的根由。

黄仁宇在这本书中，单独辟出最后一章专论李贽。大明王朝行至晚期，天道陵夷，气脉衰微，他对于这个"传统的政治已经凝固，类似宗教改革或者文艺复兴的新生命无法孕育"的环境百感交集："社会环境把个人理智上的自由压缩在极小的限度之内，人的廉洁和诚信，也只能长为灌木，不能形成丛林。"

黄仁宇最终得出结论说："中国两千年来，以道德代替法制，至明代而极，这就是一切问题的症结。"

李贽，生于公元 1527 年，卒于公元 1602 年。字宏甫，号卓吾。